鱼儿在房顶上飞

闵 良
Min Liang
著

黄河出版传媒集团
阳 光 出 版 社

图书在版编目（CIP）数据

鱼儿在房顶上飞 / 闵良著. -- 银川：阳光出版社，2022.9
ISBN 978-7-5525-6487-7

Ⅰ. ①鱼… Ⅱ. ①闵… Ⅲ. ①长篇小说 – 中国 – 当代 Ⅳ. ①I247.5

中国版本图书馆CIP数据核字（2022）第168491号

鱼儿在房顶上飞　　闵良 著

责任编辑　杨　皎
封面设计　张　宁
责任印制　岳建宁

黄河出版传媒集团 阳光出版社 出版发行

出 版 人　薛文斌
地　　址　宁夏银川市北京东路139号出版大厦（750001）
网　　址　http：//www.ygchbs.com
网上书店　http：//shop129132959.taobao.com
电子信箱　yangguangchubanshe@163.com
邮购电话　0951–5047283
经　　销　全国新华书店
印刷装订　山东新华印务有限公司
印刷委托书号　（宁）0024458

开　　本　880 mm × 1230 mm　1/32
印　　张　8
字　　数　150千字
版　　次　2022年9月第1版
印　　次　2022年10月第1次印刷
书　　号　ISBN 978-7-5525-6487-7
定　　价　58.00元

目 录

目 录

序幕

沙漠和树

几棵树倔强地站在沙漠前进的道路上，
单薄无力却充满勇气。
其实，人生也是这样：
能否取得成功并不重要，
重要的是有没有奔向成功的勇气。

嗨，贺兰山

每个人的一生都饱含秘密。只不过，有人喜欢藏在心里让人误以为他没有秘密，有人喜欢说出来让人误认为他有很多秘密。我选择把这个埋藏了十年之久的秘密说出来，既不属于第一种，也不属于第二种，纯粹就是想让余生过得坦荡点。这个该死的秘密是老天爷绑在我身上的炸弹，只有尽早扔掉，我才可能摆脱被炸得粉身碎骨的厄运。

说来话长。

时光倒流回二〇〇八年五月那个充满悲情的上午，贺兰山下这座小城细雨霏霏，太阳压根没有出现，这个号称“塞上江南”的地方不像江南，像极了我的家乡四川。二十八楼的玻璃很快模糊了天地，“无边丝雨细如愁”说的就是这种情景。我从墙上扯下几张报纸，想擦掉玻璃上由于内外温差导致的那层薄雾。跟以前无数次一样，我没有成功。是的，我不得不沮丧地承认这一点。因为二十公里外的贺兰山依旧笼罩在烟雨之中，怎么也看不清它的本来面目，就像每个人都看不清自己的本来面目一样。

我在这里生活了十多年，眼见得马路越来越宽、湖泊越来越多、楼房越来越高、城市越来越大，可不知怎的，我总感觉自己不属于这座移民城市，不会终老此地。我唯一的朋友就是孤傲冷清的贺兰山——我对大山有种与生俱来的亲切。我无数次爬到贺兰山的半山腰，就着二两老酒一碟小菜，欣赏着天造地设的风景，轻松地消耗掉一个又一个烦恼和悲情四溢的下午。当然，如你所知，只有雾霾不生、晴空万里时，贺兰山才露出绵延不绝的全貌。落日余晖犹如金色战袍，能在刹那间把纵横两百公里的山脉变成刚刚干完开天辟地伟业的盘古大仙，疲惫又志得意满。先是坐着，然后是躺着，最后发出一声贯通古今的长叹，注视着自己开辟出来的天地，等候属于他的光辉时刻：骨骼变为高山，肌肉化作大地，血液飞溅成奔腾不息的河流……

当然，我对贺兰山的眷恋并不完全出自赏风弄月的需要，更多的还是因为生而为人固有的无奈，就像你马上要看到的那样。

社长推门而入。必须交代一下，这里的“社”并不是人民公社的“社”，实际上，人民公社的老大也不叫“社长”，人家叫“书记”。我供职于一家报社，社长就是报社的最高领导。这位领导有着狐獴一般的尖脸，经常像非洲草原上的狐獴一样踮起脚来，无比警惕地逡巡四周。不言而喻的是，他此时降尊纡贵地光临“寒舍”，绝不是想找我拉家常嗑瓜子。他把当天的报纸一张一张地平铺在桌子上，像细心的赌鬼摆弄一副即将决定生死命运的扑克牌，然后慢吞吞地说：“又惹祸了，又要写检查。”我抢吞了一口快要跑出吸力范围的烟圈儿，像对付丑恶的阶级死敌一样把它压在肺底。“狐獴”尖叫着说：“你他娘的算一算，今年惹过几次祸了？你他娘的就是一只河马，藏在水里都会传递情报。不让你写稿子吧你还闲不住，一写就闯祸。今年是二〇〇八年哦，要开奥运会哦，能不能不要给领导制造麻烦？领导们要集中精力做大事情的。”

特大交通事故，急着去出卖血汗的农民工兄弟的尸体摆了一地。就像往常那样，我总是无法正确认识自己的错误，发泄一通后，我第八十八次扔出“辞职”绝招。社长轻蔑地说你辞职给我看看，你翅膀长硬了就从窗户飞出去呀。刚说到这里他裤兜里一阵躁动，就像原本潜伏在那里的蛇不安分地活动起来。他掏出手机瞄了一下巨大的显示屏，立即俯首帖耳地应承着，边说边退出办公室。走到门口捂住电话吩咐我：“晚上老地方，约几个师兄，喝两杯压压惊。”

“啊呸”，我狠狠地把一口浓茶喷在窗户上。“狐獴”既是我的领导，又是我的师兄，十多年来，我俩就像天下大势般分久必合，合久必分，吵了又好，好了再吵，谁也奈何不了谁。

雨越下越大，贺兰山完全迷失了自己，就像一叶孤舟迷失在苍茫的大海上。我明白，此时此刻，贺兰山无法给我指路——尽管它是老祖宗。实际上，我一直怀疑老祖宗是否拥有解决现代问题的智慧……

转身出门去洗手间，却发现门口站着个跟《笑傲江湖》里余沧海长得不相上下的哥们儿。那是个不折不扣的残疾人，左腿健在，右腿膝盖之下完全消失，靠一根树枝支撑。我的忽然转身吓了他一跳，他索性省却了敲门这道手续，讪笑着一瘸一拐走进来，上上下下前前后后打量了我好几遍，然后叹了口气说："闵中诚，你没有死啊！"

闵中诚是我，我是闵中诚。

我本能地打开采访本又本能地合上。多年来的职业习惯让我以为对方是一个线索提供者，听了这句前不着村后不着店的话后，我才细细打量了一眼这位长相欠妥的中年人，确信素未谋面。

"你不认识我了？我们一起回你四川老家困龙湾呀，还有神火、马大妈，开着那辆路虎车。我们去抗震救灾，后来碰到了余震你就消失了……"他突然瞪大眼睛不敢继续聒噪。

我再次摊开采访本似笑非笑地说，"你就把我当夜壶尽情地灌，再鬼的故事都骇不倒我，只要不借钱啥都可以谈。"

上部

『我看过你写的那些小说，那些博客，那些红得发紫的网络文章，那些关于困龙湾的古老传说，中毒太深所以……』

『我把你害成什么样子了？』我貌似愧疚地给他点了根烟，『你慢慢说，我的小说怎么就成了资本主义的大毒草，没毒倒别人偏偏就把你毒倒了？』

他清了清嗓子，开始了漫长而荒诞的叙述。

柑橘树

世相杂乱，
大部分与你无关。
因为你需要的，
往往只是那几个果子而已。

圆乎乎的梦境

那天下午，我在店里闲着没事打开“生死票”QQ群，看到你发出的邀请：

风雨贺兰山　无奈寻“大仙”

诚约生死票　相会石台盘

“生死票”是你的粉丝群，你的那些网络文章太火了，粉丝太多了，大家都相信困龙湾存在“生死之门”，所以你拥有一呼百应的本事。你要去贺兰山上寻大仙，我们焉有不跟之理？现在想起来，正是这条该死的信息把我卷进了这场劫难。

第二天上午六点我就出了门，抬头望见满天乌云，这种天气并不多见，意味着未来两三天可能风雨交加。我把破车开到贺兰山下的“盘古人家”寄存。“盘古人家”四处都是光滑的鹅卵石，大的供人坐卧，小的供人按摩脚。鹅卵石间有棵五人环抱的古柳，古柳西侧有一绺山泉，从贺兰山深处潺潺流来，清澈可鉴，是煮茶的绝佳好水。我背上背包压低帽檐，从一排木栅栏的破漏处钻出去，隐身在一片白杨树后，连蹦带跳地越过几丛深可及膝的薰衣草，向风旗口方向走去。

说实话，我并不相信贺兰山里有什么神仙或者世外桃源。陶渊明幻想的世外桃源无非是没有战乱、丰衣足食的和平年代的安乐之地，现在的中国就是。现代人幻想的世外桃源恐怕是无病无痛无生无死的仙界。无病无痛？凭什么？无灾无难到公卿？做梦罢了。我只是想抓住这个机会接近你，让你带我去困龙湾，寻找传说中的“生死之门”。

风旗口是贺兰山无数山口中的一个。现在，我就站在山口的冲积扇上，这里是通往石台盘的必经之路。贺兰山有多古老？我们姑且把它当作盘古大仙开天辟地后的第一座山，这么算起来太遥远了，因为现代科学说地球已经有四十六亿年历史……算了，还是怎么方便怎么来吧，就当它是在燕山造山运动中出现的吧，也就是一亿年。一亿岁！每次想到这里我就来气，脚下大大小小的石头都比人类史悠久，它们无感无知却存在上亿年，人有思想有创造力有能力却只能活短短数十年。谁是造物主？为什么要这么造物？榆木疙瘩你让它们存活成千上万年有意思吗？

好吧，我承认此刻的我有点疯疯癫癫。原因是我和曾有志已经在两棵大橡树下等你大半天了，无聊的时间只好用胡思乱想来填补。曾有志也是“生死票”的群友。我俩是第一次见面，都是看到了你那条留言才来的。曾有志是军迷，一身军服，脸比黑人还黑。但他死不承认是非洲人，瞪大眼睛申诉：“我是少数民族没错，黑一点咋就成了非洲人了？”

风旗沟横贯贺兰山，一头是宁夏一头是内蒙古，沟两边经常有弯弯曲曲的小路和被称为“死胡同”的山谷。每有小雨，雨水就通过蛰伏在山脊上的数千条小沟汇聚到万千条“死胡同”里，要不了多久，裹挟着泥沙和山石的激流就会如万马奔腾般冲出风旗口，再顺着山沟急转直下，闪展腾挪涤荡一切，奔向山下的平原。

当你从一个小黑点变成一个具体的人时，我们才看清楚你和你带着的那条小狗，它有点像吉娃娃，但比吉娃娃长得方正些。你说那条狗叫“前世”，十三岁了。我和曾有志听得毛骨悚然。因为科学家说狗一岁相当于人七岁，如果研究靠谱的话，这条狗已经相当于九十高龄的人了，如此老胳膊老腿的还跟着上山？而且它的名字居然叫“前世”。谁的前世？你没吭声，我们也不好意思问。前世当然更不关心这个，兀自神勇无比地去追一只飞飞停停的小麻雀。

你抬头望了望乌云，问我俩有多少野外经验，没想到我俩一起摇头。你盯着曾有志的制服说：“一副资深驴友的样子，装嫩？”曾有志停下脚步，哭丧着脸望着我。我停下脚步，事不关已地望着远处的“前世”。“前世”自然也不关心这些，兀自撅着屁股匍匐前进，企图捉住一只绚烂的彩蝶。

你摇摇头说好吧好吧，就算老牛吃嫩草，带大家一回。看看这乌云，今晚有大雨，咱们不能走沟里，得在石台盘上休息，要不然雨水一下来，我们就只能像螃蟹一样被洪水冲出几十里外，没准直接横尸在山下的某条街道上。石台盘是天造地设的露营地，巨大的穹顶非常像岳阳楼的将军顶，有助于遮挡毒辣的阳光和随时来袭的风雨。穹顶之下是超过五百平方米的一块整石，它获得了一批又一批驴友的青睐，驴友们通常把这里当作进入贺兰山的第一站。在这里干些集合队伍、宣布注意事项、临时收费之类的杂事儿。当然，从沟底爬到石台盘并不是件容易的事儿。事实上，我们在弯弯曲曲的山路上艰难行进了两个多小时，累得半死不活。只有前世轻松自在如履平地，这位仁兄悄无声音地跟在队伍最后，偶尔还驻足回望，似乎在欣赏山间的无边秀色。

我和曾有志都没来过石台盘。你是常客，所以很快发现这里变了些样儿。十米高的岩壁上多了“四邻堂”三字，每个字都有一米多高，还用绿漆喷了一遍。“堂”字特别奇怪，最后一横的尾巴急转直下，一直拖到地面。然后利用这一竖笔刻了一棵笔直挺拔的古松，松树下边刻了一套石桌凳，桌上零星摆着几颗黑白子。棋盘上方有几颗松子正在下落——当然永远也落不下来。很显然，这幅粗制滥造的石刻是想化用那首诗来教诲世人：松下无人一局残，空山松子落玉盘。神仙更有神仙着，千古输赢下不完。

我和曾有志都表示不相信。不是不相信眼前所见，而是不相信你说的“半年以前石壁上啥都没有”。荒山野岭的，谁吃饱了没事儿干，到这光溜溜的石壁上来凿这些玩意儿？曾有志一边嘀咕，一边解开背囊取出器具，很快就制造出三室一厅的格局：一个饭厅和三个卧室。我抬腕看了看表，才下午四点多，但雨幕笼罩着整个贺兰山，显然是无法继续前进了。

一切停当，你直截了当地说：“我是受同学委托去山里寻找大神仙，你们都知道我是干啥的。至于你俩，咱们还是按江湖规矩来，每个人都得介绍自己，否则，我怕你们是打家劫舍的山匪，把我弄死了都没人知道……”

曾有志瓮声瓮气地说：“劫匪？劫你什么？你有色？你有钱？我是将死之人，劫你干啥？我只不过想去困龙湾寻找生死之门罢了，求你引个路。”他牛高马大，红光满面，丝毫看不出死神附体的样子。他从屁股下边取出一粒让他坐卧不宁的石子儿，狠狠地扔下山崖，开始了他的故事。

事先没想到，这家伙居然是个大富翁，曾经有无比美满的家庭，老婆是模特，自认为西施、赵飞燕、杨贵妃加起来都不如她。五年前的那个开满油菜花的春天，他们一家三口到贺兰山边的南盘口玩，在油菜花深处走了半个多小时，突然飞来一颗子弹击中了老婆的肚子……

“啊，子弹？你们误入军事基地了？”你叫了起来。

“子弹打在肚子上，她的笑容马上凝固了，手捂着肚子倒了下去，我和女儿全慌了，我赶紧撕下衬衣紧紧缠住伤口，但无济于事，她的脸色由红变浅再变白，最后僵硬。仅仅两分钟时间，我们一家就从天堂掉进了地狱。她的目光混杂着绝望、无奈和疑惑。她决不肯相信那么美丽的自己会在那么美丽的时刻死去。她一直拉着我的手，满脸疑惑，仿佛有生之年只是一场梦……在最不该醒来的时候醒了……呜呜呜……”我递过去一包纸巾，曾有志将纸巾扑在脸上，叉开双手死死捂住，很久才抹掉眼泪和鼻涕，露出猩红的眼睛。

“后来，火化时，我特意把那个子弹头留下来了。”曾有志取下项链，真的有个子弹头，一看就是步枪子弹，全身橙黄色，顶端有点乌黑。

“这几年来我一直在想，这么一个小小的子弹怎么就能要人命？要说一个炸弹把人炸成无数块，骨肉分离而死我能理解，我就是不能理解一颗小小的子弹怎么就要了人命。它有资格夺人性命吗？这么弱小卑贱的玩意儿！”

你万分淡定地批评曾有志：“不要迷信了，子弹破坏了血管，血液大量流出体外，或者流到身体其他地方去了。你要知道，血管是个自我封闭的系统，血流光了人就会死。你夫人是因为无法止血，流血过多而死的。”

“不不不，道理我都明白，可我就是不愿意相信。有的人失掉一条腿都能活，为什么失血就不能活？谁规定的？”

你拍拍曾有志的肩膀说："你忘了？在困龙湾的传说里，死神是藏在血液里的。"但无论如何，曾有志的诡辩还是成功搅乱了我的思维。原来习以为常的知识居然经不起深究细推，比如究竟活着是梦死时才算梦醒？还是死了是梦活着算梦醒？比如我们自以为是的生活究竟是不是真实的存在？如果真实，过去的岁月为什么只能存在于脑海里……我感觉自己快要被曾有志拖进那个巨大的漩涡时，你狂吼一声把我拉了出来："后来怎么处理了？找部队了吗？"

曾有志没好气地说："以前确实有驻军，但已经撤走十多年了。我又派公司的人以事故地为圆心，方圆两公里地毯式搜寻，根本没找到任何蛛丝马迹。"

"那就是说，得不到赔偿了？"我瞪大眼睛问。

"赔个屁，老子家产过亿，不需要赔偿，但人不能白死啊，子弹从哪里打出来的，谁是凶手？成了无头冤案。"

此时，原本垂直降落的雨水突然斜飘过来，我们赶紧拉紧帐篷门，任凭黄豆般的雨点拍打在帐篷上。你把紧靠崖壁一方的出气孔打开，把昏昏欲睡的前世抱到透气儿的地方，然后我们继续抽烟聊天。

曾有志像苦大仇深的杨白劳一样继续牢骚："老婆命中注定，我也只能逼自己放下。但问题是，前年我女儿也死了，只有十二岁。"

啊！我俩异口同声地惊叫起来："为啥？"

“为啥？我也一直在问为啥。我造了啥孽，老天要这样惩罚我。我年年捐三十万元救助重病儿童，白血病、自闭症、先天性心脏病都有，没有功劳，也有苦劳吧。老婆死于子弹，那是外力。女儿却是自杀，想找人偿命都没门儿。”

他从怀里拿出一张破兮兮皱巴巴的纸，是女儿的绝命书。我颤抖着凑近头顶的灯念出声来：

妈妈呀，我决心离开这个世界去找你，并不是因为仇恨。童年多么美好啊，可是现在，女人特有的麻烦让我生不如死。我不愿意那些麻烦陪伴我一生，我要摆脱它。

这是对染色体的无声控诉，也是对生而为人的控诉。生而为人，不是男人，就是女人，做女人痛苦，做男人就不痛苦？做不男不女之人更痛苦。如果真的能转世为男人，碰到男人的痛苦时又怎么办？

曾有志愤恨地说：“还有更奇怪的，女儿在卧室自杀的，医生查不出来吃了什么药。安眠药、毒药啥都查不出来，就像睡着了一样。”

我说你们一家三口怕是外星人吧，想把我俩掳到哪颗星球上去当奴隶？

曾有志长叹了一声，去旁边帐篷里拿了一条烟过来，是我们从来没见过的，连文字都不认识。曾有志说：“这是古巴产的。这两件事把我打蒙了，我就四处寻求真实的生命意义。以前，所有精力都放在事业上，挣钱，再挣钱，挣更多的钱。顶级的车，顶级的房子，顶级的食物。现在想来，我吃的顶级食物在哪里？住了顶级房子又如何？如果把物欲当作大海的话，我就是海上一条小帆船，如果不及时靠岸，迟早会被掀翻淹死。所以，我决定上岸，不想淹死在物欲的大海之中。”

“没有彼岸，只有此岸。”我嘀咕了一句。

你狠狠地骂我：“你还让人活不活了？彼岸给人希望和动力，你认为没有并不等于真的没有，你没有梦想并不等于别人也没有梦想啊！”

曾有志突然放声大哭，居然有石破天惊的能量。我感觉头顶的细小岩石随时都可能掉下来。我们没有打扰他，随他信马由缰地哭。过了好一阵子，他才止住哭声，在后脑勺摸索了一下，很神奇地把自己变成了一个光头。他把假发揉成一团扔在一边，淡定地说：“你们可能不知道吧，我是一个绝症病人，身患三种癌症。”

我突然觉得自己应该成为曾有志的粉丝，他太神奇了。

曾有志呵呵一笑说：“放心吧，我的癌症不传染，肝癌、胰腺癌、淋巴瘤。女儿死后，我连续十七天没有睡过一个安稳觉，半年后，癌症光临。关于我的存活周期，有医生说半年，有医生说三个月，最后他们靠抓阄决定了我的残余时光——五个月。现在，一年多过去了，我还健在。”

然后，长时间的沉默，我们三人大眼瞪小眼不知道该说什么。还是你先打破沉默，转过头来问我：“现在说说你。你也姓闵，五百年前我们是一家，可我还是得问问。”

其实我的经历比曾有志更吓人，但我不能说，只说自己是一家经营红白事用品店的老板，像年轻的李白一样喜欢追仙问道。如此而已，真的如此而已。

我和曾有志似乎都通过了审核。你叹了口气，安慰我俩说：“人生就是一场无法预知的旅行，就像我无法预料会碰到你俩一样，明天和意外谁先来？不知道！苏东坡说，‘竹杖芒鞋轻胜马，谁怕？一蓑烟雨任平生。’”说完这些，你在我和曾有志后背上拍了拍，边拍边说睡吧睡吧……瞬间，我俩哈欠连天，急忙钻进睡袋蒙头大睡。

半夜被冻醒，走出帐篷，明月满山，雨恨消失，云愁却来了。贺兰山陷入无边无际的云海之中，脚下的云雾像钱塘江的潮水一样翻滚涌动，昨日清晰可见的松树和岩石像被神仙之手抹去了一般。好吧，我承认这些都是小题大做，属于自然现象。真正并非小题大做和极不自然的是：曾有志连人带帐篷都消失了！

恰在此时，电波穿过浓雾准确找到了你。大嗓门儿传了过来：“快两点了，下夜班了，通知明天上午，哦不对，今天上午开个会。”

你嬉皮笑脸地说：“我在贺兰山替隔壁老王找神仙哩，你们那破会多得很，以后这种事情再不要麻烦我。”对方似乎急于睡觉，并不反驳和较真，很快挂了电话。

现在，偌大的石台盘上就剩下两个姓闵的，一个真闵一个假闵。

思绪正纠缠时，我俩同时发现浓雾里闪着一排泛着青光的花，特别刺眼，高约五十公分，三片叶子拱卫着佛手瓜形的花蕊，花蕊里伸出一条肉乎乎的辫子，辫子末梢似乎还有一只小眼睛。青花随风飘动，忽远忽近，像一群精灵在用自己的方式暗示着什么。

我摸出烟来，递给你一根说："算了，还是抽烟解解乏吧，贺兰山里日怪的东西太多了，让人筋疲力尽。"说着说着，我俩都像泄了气的皮球，不自觉地蔫了下来，顺势背靠石壁坐下。

猛吸了几口，吐了几个圈儿，忽然感觉后背隐隐作痛，几次挣扎着要站起来都没有成功，想来是白天爬山体力透支所致。你过来扶着我。我俩靠着石壁慢慢站起来，就在两股战战之时，坚硬的石壁突然发出旧式木门特有的"吱扭"声，就像"九天阊阖开宫殿"时大明宫那些沉重的木门发出的声音一样。我俩对望了一眼，正要寻找声音来自何处时，却发现眼睛已无法睁开，身子却凭空飘了起来……

不知道过了多久，我被冰冷的溪水刺醒，感觉四周爬满了天山脚下那些表面温和实则寒彻骨髓的水精灵。我永远忘不了那年夏天被天山雪水冻得半身僵硬的情景，那是我漫长逃亡时光中的一段插曲。我以为伊犁河谷像中原大地的山谷一样和蔼可亲，这种错觉源于头顶毒辣的阳光。我脱光后跳进溪水的一刹那，才知道以往的人生经验有多么靠不住。以水面为界，我的上半身和下半身完全分离。我感觉不到下半身的存在，想抽身上岸却找不到双腿。那该死的溪水像锋利无比的哈萨克刀一样将我腰斩。我呆立当场，一点一滴地恢复知觉。更要命的是，一队哈萨克牧民慢慢沿着溪水从天山深处走出来，矮种马背上的水囊像公马的睾丸一样分明。他们向我伸出马鞭，嘲笑说：“老乡，这里是天山，可不是关内。”我赤裸着身子被拖上岸，无地自容地诅咒那些该死的雪水。

冰冷使我清醒，让我有机会庆幸自己还活着。我睁开双眼就看到一棵圆乎乎的大树，树干树枝树冠树叶全是弧形，像从幼儿图画书上跳下来迎风长大的一样。树上稀里哗啦阵阵作响，动静很大，还传来愤愤不平的骂声。是曾有志。

他乡遇故知啊，我一瘸一拐地朝那棵树走去。等我走到树下时，曾有志已经头下脚上地从树上爬下来了。我习惯地摸摸口袋，烟还在，但打湿了。曾有志的烟却完好无损。我俩抖索了半天才把火点上，尼古丁钻入肺底的一刹那满血复活。眼珠滚动，周围的景象把我们吓坏了：这里完全是童话世界嘛，远处是高不可攀的山，山顶上白雪皑皑。面前是一条欢快的小溪，溪水翻着洁白的肚皮流向远方。小溪那边是碧绿的草原，草原上游荡着不知名的动物。草原西边是个古村落。令我们颇感不适的是，这里所有物件都像鹅卵石一样没有棱角和尖锐，轮廓完全是弧形，村庄、石头，甚至房顶无不如此。曾有志在发抖，我也在发抖。他哆嗦着问：我们死了吗？我摸摸冰冷的身体回应说，大概是死了，感觉不到热量。但死人会说话吗？

“你们别以小人之心度君子之腹了，我们不会害你们的。”突然钻进耳朵的这句话让我们大吃一惊。发出声音的是一只绿蚂蚁，严格地说，是蚂蚁的巨人版，足足有五十公分高，身体明显分为头、腹、尾三段，圆乎乎的大脑袋，橄榄形的腹部，纺锤形的尾部，只是没有蚂蚁的触角。它坦然站立，挥舞着像戴了拳击手套的双手以引起我们注意。它得意地转动着玻璃球似的双眼：“你们没见过会说话的小动物吧，告诉你们，我们这里连石头都会说话。”

我和曾有志像屁股下安了弹簧一样跳起来，因为我们就坐在一堆石头之上。

它马上哈哈大笑说骗你们的，哪有石头会说话的道理。曾有志立即反击说：“哪有蚂蚁会说话的道理。蚂蚁能说话，石头为什么不能说话？”我碰了碰曾有志说：“闵中诚说困龙湾的动物会说话，这里不会是困龙湾吧。”曾有志比我还茫然，看看我，又看看四周，低头抽闷烟。

蚂蚁肆无忌惮地跳到我们对面，一手指着曾有志，一手指着我说：“我不叫蚂蚁，我叫 ching。”

我感觉鼻子和眼睛快挤到一块儿了：“啥玩意儿？吃？痴？”

它重复说：“ching。”

曾有志不耐烦地说：“管你叫啥，我们就叫你‘吃’了。这里是贺兰山还是困龙湾？闵中诚在哪里？”

“吃”大摇其头，否定了我们的猜测——这里既不是贺兰山，也不是困龙湾，况且，它也不知道困龙湾在哪里。它说这里叫“幸福岛”，以小溪为界，那边是大型动物居住的地方，这边是小型动物居住的地方。它们的祖先原来是天上的雄鹰，可以在蓝天白云之间自由翱翔。然而，两百年前，头顶上长着癞头疮的人来了，他们惧怕天上的所有飞鸟，因为飞鸟可以看到头顶的癞头疮。于是，那些人就施了法术，把飞鸟变成了巨人版蚂蚁，又把一切都弄得圆乎乎的。

我们完全不相信这些鬼话，因为它说我俩都变成了“吃”的样子，但无论是我看曾有志，还是曾有志看我，都是人形，怎么也不像蚂蚁呀。我俩试着攀爬附近的大石头才发现自己确实身轻如蚁，甚至无法对抗一阵微风。难道我们真的变成了两只超级蚂蚁？娘的，做梦还是写小说？想到曾经拥有的一切都可能失去，车子、房子、功名、存款、小三小四小五、酒肉朋友……越想越觉得造化弄人，越想越觉得莫名其妙。最后，我居然慢慢睡着了。

我是被饿醒的，醒来后纠结该吃什么。作为一只变成小动物的人，吃是个大问题。在此之前，我从来没有像现在这么徘徊彷徨过，以前的选择只是吃肉或者吃素，吃香或者吃辣，即便是到广东吃蛇肉，似乎也没有超出人的选择范围。可是，现在的选择超出了人的范围。很后悔初中没有好好学生物，或者没有认真看过纪录频道。要不然，至少知道蚂蚁吃什么啊。它们吃什么？吃水？吃虫子？哦，想起来了，它们吃人类散落在地上的米粒或者其他粮食，馒头渣面包屑也行。可是，这里没有啊。对了，蚂蚁还经常把虫子拖回洞……想到这里，我禁不住干呕起来。生吃小虫子？连盐都没有？这种纠结让我俩生不如死。思想上有着人的高贵，可肚子不争气啊，它迫切需要某种东西来填满。妈妈的，肚子和大脑从来就不是一家人。表面上肚子应当服从大脑，实际上不是这样，肚子一有机会就搞权力自肥，把自己整得满腹油膏。

想来想去，我们决定跨过小溪去碰碰运气。摆在面前的是一望无垠的巨石丛林，光滑圆润的石头让我们寸步难行。如你所知，付出总有回报，我们最终还是成功了。就在脚沾溪水的一刹那，眼前的石头急速变小，巨石丛林也变成了“不过二三十米宽”的一处浅滩。

我拍拍肚子和屁股，确信已经恢复人形，得意地叫了一声“仰天大笑过小溪，老子岂是蓬蒿人。想把老子变成小虫，门儿都没有，一帮阴险小人”。曾有志提醒我小声点儿，不要得意忘形，“幸福岛”日怪得很。

跨过小溪就是草地。这是怎样一片碧绿整洁的草地呀，散发着奇异的芬芳，我们情不自禁地仰面朝天倒了下去。曾有志说，咱们要不试着吃吃草？我摸着干瘪的肚子说：“不好吧，人咋能吃草？”曾有志说：“可是我咋觉得能吃呢？这么香！”说着说着就消失了，他刚才躺的地方出现了一头跪着啃草的母牛。

我惊叫着跳起来。在确信自己还没有变成母牛的同时，发现这头小母牛特别像伊娥——希腊神话里宙斯的小情人，因为我分明看到了它眼里的泪水。

变成牛的曾有志失去了语言能力，只是不断用舌头卷起青草甩开腮帮子猛吃。我抹了一把溢出来的口水，拼命抵制住青草的诱惑。我突然想到，溪水既然能让我们从蚂蚁变回人，就可以让曾有志从牛变回人。我拍拍牛的后背，示意它跟我去小溪边。没想到它吓得夺路狂奔，在草地上跑"8"字形。网络语境里"8"就是拜拜的意思。他让我一个人走？不至于吧。这鬼气森森的地方，我一个人咋走？往哪走？想到这里，我猛扑过去死死拽住牛尾巴。可我失算了，母牛不耐烦地伸出一只蹄子，先在我面前晃了几下，然后就像铆足了劲要大力射门的贝克汉姆那样……而我，就是那只不幸的足球。

我醒来时鼻子里插着管子，身上贴着各种电子元件，多种生物电在体内游走。来回奔走的医生不是外星人，没有三头六臂，只是每人头上都有一根肉辫子，起码有二十公分长，辫子末梢长着一颗随时保持警惕的眼睛。我突然觉得在哪里见过这种肉辫子。确信身上的零部件没有缺失后我坐了起来，扯动了导线，仪器们不知廉耻地大叫起来。

"你怎么摔晕在草地上？"一个年轻医生用无比美妙的声音问。随着他硕大的头颅靠过来的肉辫子让我很不舒服，我把来龙去脉简单说了一遍。他听完后，扭头对另外一个医生说：

“归入精神病区吧。”

我立即想起许多把正常人治成精神病人的例子，尤其是过去的拆迁队把老百姓当作精神病人送进安康医院（精神病院的漂亮马甲）最后弄假成真的新闻，禁不住破口大骂：“老子不是精神病人，你们这些蠢货，快放我出去，你们这些怪物。”

越是大吵大闹他们越认为我是精神病人，然后我就被捆成了一个粽子。我感觉自己变成了被固定在断头台上的路易十六，眼睁睁看着沉重的铡刀从高空落下……除了歇斯底里地挣扎和大叫外，别无他法。

好不容易睁开眼睛却发现天光大亮。不管风雨，不论好坏，我在石台盘，曾有志也在，你也在，我们三个人都活着，身边就是坚硬结实的贺兰山。彼此狂打对方几拳后终于明白，我们还苟活于世，没有上天堂，也没有下地狱，至少还能正常用嘴吃饭，不必去啃青草，也没有被砍头的威胁。这是多么值得庆幸的事儿啊。

只是，我们身边多了三个青衣长发的修行者——这并不奇怪，贺兰山里随处可见这样的修行者。原来，我们三人昨晚受了风寒，都不同程度地出现噩梦和呓语，在睡袋中大呼小叫，被三位来石台盘的修行者救回人间。

奇怪的是，你和曾有志也做了这样的梦，掉进了“幸福岛”那个圆乎乎的世界，只不过情节不一样。你飘到了村庄里和很多美女在一起饮酒作乐，女人似乎来自遥远的古代。曾有志被送进了医务区，医生帮他除癌，不断把他的肝、胰挖出来，血淋淋地给他看，告诉他哪里是癌块，然后丢在药水里，没过几分钟再拎出来后癌块就不见了，医生又把那些组织重新塞进他肚子里……

修行者们一直微笑不语地看着我们三人劫后余生地神吹鬼侃。我们笑累了才想起问候他们。领头的姓李，指了指山顶说他们就住在后山，半个月前就看好了黄道吉日，决定今天来这里施工。另外两个年轻人没有这么谦和，争先恐后地露出黄斑牙，模仿我们在梦中张牙舞爪生不如死的丑态。

你环顾四周问："你们要在这石台盘上施工？做什么呢？"李姓老人说想在石壁上刻些字和画。

我们三人异口同声地说："石壁上不是已经有了字和画吗？还要刻啊。"

老李满脸疑惑地望了望石壁，又扭过头来摸着我滚烫的额头问："烧糊涂了？三个人一起烧糊涂了？"

我抓住他的手无比镇定地说："我们昨天来时，石壁上就刻了'四邻堂'三个字，还有松树和棋盘，我不相信那么大的字你们看不见。"

两个年轻人不懂规矩地笑出声来，指着石壁说哪有什么四邻堂五邻堂？

石壁空空如也，哪有什么"四邻堂"，哪有什么"空山松子落玉盘"。曾有志反反复复地拍打着脸颊，边拍边自问："现在是做梦不？现在是做梦不？”那个时候，我们都成了崩溃型选手，亲身经历眼见为实的东西突然变成空，突然“觉今是而昨非”，日子怎会过得如此混乱？

老李怕我们疯癫，就让我们看施工草图，没想到那个可恶的施工草图却让我们更加疯狂。

天啦，呈现在我们面前的，正是昨天石壁上的字和图案。刹那间，我们就好像太平洋战争中的美国军队一样，完全掌握着日本鬼子的密码，洞悉着鬼子的一切调度和动向。只是，美国军队破译密码依靠的是技术，我们依靠的是什么？谁在充当美国海军中的“喀斯特”密码破译小组？

听完我们的讲述，老李收起图纸，叹了口气，带着我们离开了石台盘，表示“天机已然泄漏，不施工了”。

那天午饭后，我们从老李家出来，你一蹦三尺高，原因是你认定老李就是同学要找的“神仙”。换句话说，石台盘这个无心插柳柳成荫的夜晚帮你完成了重托。但很不幸，你忘记了贺兰山上“地无三尺平”的残酷现实，脚尖刚沾地就像南瓜一样滚落尘埃。紧跟着，整个贺兰山都神经质地晃了一下。

出院门不久，趁着其他人走远，老李拉住我说：“我们做个约定可好？十年后你再来我这里。”我迟疑地望着眼前这位须发茂密的长者，脑子里飞快地篡改和掩盖着某些重要信息，害怕他窥破我的秘密。但他终于啥也没说，只盯着“十年”两个字不放，让我说是或否。

我冲他微微一笑，未置可否。

海狮堵住逃生路

我们三人回到城里已经是晚上十点多，都像刚蜕了皮的蛇一样虚弱。三十个小时的上天入地，最好的回报就是白酒，那玩意儿舒筋活血又陡增勇气。当然，工业酒精勾兑出来的酒不在此列，你家里也不屑于存放这种酒，准确地说，我们喝的是茅台酒——尽管可能是假的。

我喝掉了一斤，曾有志喝掉了八两，你喝掉了半斤，然后大家倒头就睡。也不知道睡了多久，紫红色的房间里突然射出一道恐怖的蓝光。你的手机响了，我掀开手机一看，居然有十多个未接来电，密密麻麻地排列着，一片猩红，从“老妈”到“兄弟”再到七大姑八大姨都有，还有来自“布鲁塞尔人类研究中心”的，仿佛全世界都在找你。

我摇醒你，拉开窗帘，这才发现天光已然大亮，又一个看似平淡无奇且廉价无比的日子来临。你先给“兄弟”回拨过去，电话那头说："百城老人死了，你敢不敢回来一趟？"你被酒精侵蚀后的大脑一片空白，根本想不起"百城老人"是谁。对方以为你耳朵不灵光，只好吼道："贪百城，就是那个活了一百五十岁的老辈子，过年时你们还通了电话啊。天天喝酒，喝成榆木脑壳了。再这样下去，药王再世也救不了你。"

哦，想起来了。你拍拍盛满酒精的大脑说，难怪布鲁塞尔人类研究中心会来电话，贪百城一直是他们的研究对象。毫无疑问，贪百城的死已通过互联网传遍了全世界。"就是啊，过年聊天时都好好的，精神好得很哇，没听说他有啥绝症呢，怎么死的？""弟弟"的回答让大家一头雾水："他自己要死，谁也不知道为啥，反正就是死了。过几天就要抬进黄金小屋了。"

门被擂得山响。你老娘怒气冲冲地闯了进来。老人家脾气不好，一棒子敲在你头上，骂道："不争气的东西，一天到晚只知道喝酒，贪爷死了，我又不能坐飞机，你得替我回去一趟……"棍棒是恢复记忆的最有效工具，迅速吓跑了盘踞在我们体内的酒精。

你出生的地方叫困龙湾，是个人间绝地，全世界都知道。那里有个叫贪百城的老家伙，比你年长一百多岁、高五辈，这个人活在现实中一点儿都不好玩，晚辈们都找不到恰当的称呼，于是不管男女老幼都只好呼他"贪爷"或者"百城老人"。他是困龙湾寿命最长的一个，也是这个地球上寿命最长的人——不能说动物，乌龟鼋鳖比他活得长。也不能跟那个传说活了八百岁的彭祖比。贪百城是动用了全世界科技力量来证明的长寿之星，全世界都希望他继续活着，顽强地、想方设法地、死皮赖脸地活着，争取活过两百岁——那将是人类追求长生不老的里程碑事件。但老头儿执意不配合，天天嚷着要死，抱怨说活够了，要去黄金小屋，一点都不留恋这个世界。整个困龙湾如临大敌，人们用尽最豪华的词语赞美这个长寿纪录的保持者。“才给你检查了身体，所有器官都只有三十岁，你没有一点毛病，头发都没有白，你是我们的骄傲，是整个人类的骄傲。”“你看，这么多子子孙孙天天绕着你转，多开心呀，你不要去另外的世界，就在这个世界看着我们。”“不，我要走了，这么多子子孙孙跟我有什么关系呢？没有一个是我亲生的。你们快乐，我却不快乐啊。我觉得还是死了好，死了不会有忧愁和恐惧，就不再担心死了……”

听老娘说要回困龙湾，我阴暗潮湿的卑鄙之心迅速膨胀起来，等待多年的时机终于出现。我像饥饿的野狗盼望孩子早点扔掉手中那块骨头一样，怂恿你立即动身回困龙湾。然而我失望了，因为你根本不想回去。你扔给老娘的理由是贪百城辈分太高，轮不到你去送终，何况弟弟可以代为行孝，别人也不会说三道四。当然，这不是真话，真话是你怕死。因为五百年前的一个诅咒，困龙湾姓闵的人被迫改成了姓贪。你叫闵中诚，是冒着九死一生逃离困龙湾之后恢复了本姓。如今扛着姓闵的大旗重回诅咒之地，那不就是找死么。

老娘闷声闷气地喝了一口水，在屋子里来回踱步，不停地用拐杖敲打地面，看起来非常为难。最后，她下定决心："让你回去最主要是看看有没有机会帮助大家恢复闵姓，丢了五百年，该想办法找回来了。连死对头'烂克儿'都说百城老人是为了让贪家人恢复姓闵而死的。"

曾有志不懂什么是"烂克儿"。当然，我也不懂。不过现在我知道了，"烂克儿"就是困龙湾的巫师，不是闵家人的巫师，而是闵家死对头汪家的巫师。

房子突然摇了一下。老娘跑得比兔子还快，花甲之年拥有如此矫健的步伐真是令人吃惊——毫无疑问，那是广场舞的功劳。她还没有跑到大门边，更猛烈地摇晃又来了。这次是楼房和大地一起摇晃，像一头怪兽迅捷无比地从楼下钻过去，水晶灯在地板上发出清脆的碰撞声，博古架像醉汉一样扑来，酒杯满地乱滚，完全找不到自己的位置……

事后我们才推算出，"汶川大地震"发生时，你正滚落贺兰山，我们在崎岖不平的山路上连跑带喊着救你，运动中的我们完全没有感觉到大地的怒吼。接下来，我们小心翼翼地下山，气喘吁吁地来到盘古人家，着急忙慌地蹬上那辆破车，心无旁骛地回城进门喝酒大醉……我们与世隔绝，完全不知道中国的西南部正发生着一件惊天动地的大事。

现在，大地震沿着断裂带北上，来到一千公里外的贺兰山下。

我被冷水惊醒，抹了抹眼睛，却抹得眼前一片昏黄，胳膊上汩汩流出的鲜血提示了伤情。我扯了扯身边的布，试图用它来缠住伤口，这才发现自己躺沙发上，四周堆满了天花板吊顶，它们都结结实实地砸在我充满油腻的肚子上——幸亏肚子上有一层棉被。老娘用冷水激醒我后，正试图搬开我身上的铝塑板，但终于没有力气，无助地坐在一边不停地祈祷，请这个佛那个佛来帮忙。墙边，你和曾有志被埋在一堆装饰材料中，生死不明。

我艰难地从垃圾堆中抽身出来，弯腰找到手机，打110，不通，打120，不通……我使劲摇着陪伴我几十年的头颅——确信这不是在做梦。好吧，《国际歌》说："从来就没有什么救世主，也不靠神仙皇帝"，只能自己动手，搬开那些乱七八糟的杂物，看看你俩是否健在。

这时，老娘又在旁边叨叨开了，我竖起耳朵听了好一会儿，才明白她在抱怨贪百城，认为正是贪百城之死导致了这场灾难。虽然她是长辈，虽然我们天天喊着要尊老敬老，可我还是异常厌烦这种帮不上一点忙的老人。换句话说，困龙湾一个垂垂老矣的老头之死引发了这场史无前例的大地震，谁会相信？我突然觉得火顶脑门儿，冲老人家吼道："都啥年代了还这么迷信，困龙湾又不是神仙地，一个老人死就要引发大地震，还要拉许多人来陪葬？要真是这样，这个责任困龙湾担得起吗？全中国人都把地震的责任归到困龙湾头上，那还得了？"她没料到我会这样说，怔在那里不知所措。我正要继续发怒，耳旁又传来一阵猛烈的啸叫，又一波余震在人们惊魂未定中到来，整栋大楼像被一个巨人端起来又重重地蹾在地上，我们像坐在弹簧床上一样。这一弹反而帮了忙，把原来堆在你和曾有志身上的杂物弹开了，露出两张熟悉无比的灰头土脸。幸好，都没伤着要害。

我拧锁，却推不开门，透过猫眼往外看，整个楼道里都塞满了东西。楼上邻居正往楼下搬各种各样稀奇古怪的东西，衣柜、灯罩、床……妈哟，我甚至看到了一头臃肿的海狮，还有一头大象，三只野猪……那只海狮经过漫长的旅行，走到三楼已经筋疲力尽了，刚好死乞白赖地堵住门口，发出末日来临前的号叫，任由主人皮鞭抽打和我隔着门的咆哮都不肯挪动半步。一头大象则把二楼堵得严严实实。这当然不能怪它，因为二楼正在想办法往外搬运一个梳妆台，那可能是他家的至宝，主人手忙脚乱地解释说这是宋朝词人李清照用过的……这里已经在上演世界末日到来前的恐慌，我相信好莱坞导演们也设计不出来如此混乱搞笑的场面。

老娘愤怒到了极点，使用天下最恶毒的语言诅咒邻居。邻居们一直把楼道当作公共厕所，所有的脏东西都往楼道里放，坚硬的纸壳、宠物兔、鸭子、手纸、麻辣条包装袋、鞋柜、三十年前的蜂窝煤炉子，甚至淘汰了好多年的汽车坐垫……老娘说她每次经过楼道都感觉血往上冲，恨不得扔一个炸弹把这些恶邻统统炸飞。我极度赞同这个观点。有的人总矫情地抱怨“城里人套路深，对门不认对门”。说实话，我就不想认识对门，不想认识这帮以邻为壑的邻居。我管他们是死是活，是男是女哩，他们往楼道里堆杂物时考虑过别人的感受吗？他们豢养的狼狗在楼道里拉屎撒尿纵横驰骋时照顾过别人的心情吗？现在，逃命时刻，他们的宠物就这样堵住了大家的逃生之路，该当何罪？

显然，诅咒和痛骂无济于事，该死的大象和海狮们根本听不懂人话，求生还得靠自己。幸好这里是三楼，又备有求生绳，希望大大的有。我们三下两下打开求生绳，把带环扣那一头拴在桌腿上，再把桌子拉到卧室门边固定住。我把绳子绑在老娘身上，她却宁死不愿绳降。“我不能为逃命失了身份，做得这么肮脏。我就蹲在衣柜里，房子塌了也不怕。”我说现在是逃命，哪有什么肮脏不肮脏的，万一来了更大的地震把楼房震垮了，楼里人全得完蛋。

老娘指着二楼一条倒挂在窗户外的身体说，你看嘛，二楼的老肖就是想从窗户出去，不就死了吗？

老肖是个老鳏夫，七十多岁身体倍儿棒，本社区公认的抗癌专家，还拿过社区广场舞冠军，挤公交和超市抢菜从来都是生龙活虎，经常哼着小调从一楼跑到二楼。多年以前，老肖老婆去世，他就养了三只大公鸡，长年累月不拿薪水，义务为小区司晨。小康社会，家家户户墙上有钟手上有表，时间无处不在，完全用不着公鸡报时。何况，听到公鸡报时后，大家还得拧开台灯看具体时间，所以社区居民无数次生猛地拒绝这份来历不明的好意。没想到遭到了老肖更加生猛地回应。他声称公鸡就是家人，他们必须同生共死。没办法，邻居们只能让他和公鸡这样天长地久地影响着大伙平静的生活。比起公鸡来，他那个“抗癌专家”的身份更令人讨厌。“抗癌专家”并不是说他那雄健的肉体上患了癌症。他身上可能有癌细胞，但并没有癌症，他这个曾经上过报纸电视的专用名称来源于他对癌症的深度恐惧。本社区人通常把他家称为“全球癌症研究中心”，因为他家墙上贴满了全世界有名有姓的癌症：白血病、甲状腺癌、胰腺癌、肝癌、肠癌、骨癌……淋巴瘤……他连“癌”字都不会写，当然没有能力去研究癌症，只是道听途说、东抄西抄了许多癌症的预防方法和保健食物名称而已，以此提醒自己远离癌症。但他实在令人讨厌，碰到邻居买肉，无论牛羊肉鱼肉猪肉，他总要义正词严地指出：“红肉是致癌物哦，要多吃白肉。”碰到素菜，无论哪一种，他总可以立即指出该种蔬菜含有抵抗何种癌细胞的元素，西蓝花抗所有癌细胞、油菜花抗肝癌、韭菜抗肠癌……总而言之，一切习惯、一切食物在他眼中只有两种特性：致癌或治癌。本来高高兴兴准备大吃一通的人，经常被他的癌症理论搞得火起，老娘就见过几个帅小伙打得他抱头鼠窜的情形。那是一个元旦的下午，几个帅小伙拎着一捆啤酒、若干猪头肉兴奋地跨过小区那道铁门准备好好地放松一下，迎面就碰到无所事事的老肖。老肖一看有酒有肉立即就来了精神，趾高气扬地教训说酒肉的危害，什么高血脂、高血压、直肠癌、肝癌……全出来了。刚开始小伙们还耐心地跟他磨牙，说人生自古谁无死，小心翼翼为了啥？只要活得开心自在就好，不喝酒不吃肉没有快乐，活到两百岁又有什么意义。到后来，老肖还倚老卖老语重心长磨磨叽叽不识好歹，有个小伙的无名火就慢慢上来了，郑重地告诫他说：“老师傅，你只知道酒肉会损害身体，会得癌症而死，你知不知道还有一种死法是意外而死，比如我现在一怒之下打得你心脏病发作，你就死了。”老肖怔了一会儿，他一心一意地抗癌，并没有想到还有“第二种死法”。他低头发愣的工夫，小伙子的拳头就上来了……现在看来，他既不是死于癌症，也不是死于拳头，而是死于一根电线。当然，他也没有履行诺言，因为三只公鸡还在屋子里叫唤，这足以证明地震来时，他果断撇开了三只公鸡独自开窗跳楼。不幸的是，他碰到了从天而降的一根高压电线——这种死法，老肖绝对没想到。

这个小区头顶上纵横着几根电线，成天滋滋滋乱响，业主们抗议过无数次，电网公司搬出多个专家和测量数据来，强迫大家相信这是无害的。刚开始大家闹，后来发现没有一个替自己说话的，闹着闹着就觉得没劲了，感觉大家突然由良民蜕变成了影响经济发展的坏分子，变成了社会不稳定因素，闹不好会被视为危险人物……只是大家都不曾想到，地震来临时，头顶的高压线居然成了杀手。

我用竹竿把电线固定到一边，仍然打消不掉老娘的恐惧，她还是担心到不了地面就会挂掉。换句话说，她宁愿被地震砸死也不愿被吓死。“何况，楼不一定塌，塌了不一定能砸着我，要是我现在绳降下去，手上无力，抓不住绳子会摔死，心脏不稳定会猝死……”我们知道没法说服她，那就先顾自己吧。就在这短暂的两分钟里，你做出那个让我特想尖叫的决定：无论如何得回趟困龙湾，哪怕尸横遍野，哪怕山河阻断，就像三文鱼那样，拼死也要游回出生地。

一落地，曾有志就跟我们告别，他得回去照顾公司。我想起他身上的癌症，想着此行可能成永别，就用开追悼会的心情跟他握手道别。他却笑嘻嘻地说：“二闵，你们信那个梦不？我绝对信！我身上的癌症已经不见了。”虽然荒诞，但为了给他鼓劲儿，我选择相信。

救灾四人组

小区应急广场像一个偏僻乡镇的农贸市场，人声嘈杂，鸡犬不宁，大多数人在打电话，少数人在祈祷，有跪着的、趴着的、盘腿坐着的。

你的手机突然响起，是马大妈打来的。后来我才知道，马大妈并不是女人或者美女，而是跟我们一样的大叔级人物。跟我们不一样的是，他比我们更有钱。

当然，一般而言，一个普通记者是没有机会接触有钱人的。但万事都有例外，你结识马大妈就属于例外。

那年夏天，一位超级老板请你曝光黑幕，说那个法官吃了原告吃被告，硬是把他的“三千万资产判没了”。事情是这样的，按普通智商算，被告应当还给这位超级老板“一亿五千万元”，而按这位法官的智商算，被告只需要还“一点二亿元”。相差三千万，潜台词不说你也明白。那时的你还有点正义感，为了寻找凶杀案的现场可以坐在农民的摩托车后面冒着刺骨的寒风沿黄河跑几十里路。接下超级老板这个案件后，你才发现面前全是铜墙铁壁，找不到半点缝隙可钻。苦闷之际，超级老板请你去一家歌舞厅放松放松。

你虽然有正义感，但不是君子，置身此地没有任何不安，你俩心照不宣地坐在黑暗的角落里抽着香烟。抽着抽着，听得里三层外三层的人群骚动不已。猛然间，人群像踩着蛇一样涌向大门。你疑惑了半天才看清楚，舞池中有两群人正在搏命，刀光剑影，鲜血飞溅。

不过，你最后失望了，直到两帮人打完了，清扫完战场，警察也没有来，来的却是马大妈。他穿着大裤衩迈进歌舞厅，转了几圈子后发现了坐在角落里面不改色的记者。马大妈识货地笑了笑说，认个哥们儿吧，请吃海参。你孤傲地说除非请吃海参崴，否则……说完就出了门。

第二天晚上，单位领导突然请你吃饭，高居首座的正是马大妈。那顿饭吃得非常值，酒过三巡后，马大妈问了一句："闵记者有职务吗？"你据实以告："一个跑政法的普通记者，没职务。"马大妈正拨弄着一碗鲍鱼小米粥，头都没抬，仿佛是自顾自地说："屈才，泰山崩于前面不改色的大将风度，做个中层还是足够的，必须是正的，副的不要。"说罢将小米粥一饮而尽，既不像下命令，又不像说着玩的，反正就那么说了。咦，邪了，没过两天红头文件就下来了。嘿，你是蛇，马大妈伸出了解救蛇的棍子，你必须顺着这条棍子往上爬——伊甸园里那条蛇很聪明，你也不笨，不愧是从困龙湾溜出来的。

电话里，马大妈喊道："四川发生大地震了，我们去救灾吧，买些物资，带些现金，你领路，救完灾再去你老家找长生不老药，咋样？神火也要去。"

神火的父亲是一家上市公司的总裁。神火本人不从事任何职业，人生目标就是视察地球。他玩遍了全世界，能闭着眼睛说出法国巴黎西岱岛从东到西的著名景点，能在地图上准确标出美国佐治亚州华盛顿小镇的具体位置。神火有钱你有闲，你能一边陪他玩，一边给他讲故事，就像幼儿园阿姨哄孩子那样，所以神火视察地球时都要带上你这个免费导游。当然，看在美钞、英镑、欧元、日元以及其他元的份儿上，你经常要假装悲痛万分后才会欣然同意。

在确信将一步一步接近日思夜想的困龙湾时，我忽然对周围杂乱无章的一切都失去了兴趣，苏轼曾说过："人生如逆旅，我亦是行人"，既然大家都只是这个社区这个城市甚至这个地球上的过客，又"何妨吟啸且徐行"呢。

来自人类本能的惶恐渐渐被眼前的风物抵消，眼睛真是一个奇妙的器官，它的所见承担着填满人类空虚大脑的任务。余震过后，人们渐渐恢复了自信，大象和海狮们消失在楼道里，蹒跚地步入各自家门……你吩咐老妈和侄儿侄女们帮着收拾屋子，然后带着我跳上路虎车，一路高歌出城向南。

狭窄的高速公路上，插着各种旗帜的越野车争先恐后地奔向南方，我们都熟悉“越野E族”车队和他们常用的对讲机频率。马大妈不仅熟悉“追风者”车队的大队长，还熟悉大队长的五个情人——这是所有膀大腰圆荷尔蒙分泌旺盛男人的共性。“指南针”车队的人我不熟悉，但他们的队旗设计得很漂亮。现在，这三支车队合在一起，六七十辆车打着双闪招摇过市。

马大妈打开车上的电台，调到“越野E族”的常用频道，里边全是呜里哇啦地狂叫，这个说忘了给单位请假，那个说孩子还在学校没有人接送，更多的人则讨论路上需要买什么应急物品、在哪个城市休息整队等专业问题。马大妈努力辨识着领队的声音，确信是“苍狼”后问他，有没有搞清楚状况就集结大部队出发？苍狼恶狠狠地说：“信息没问题，四川发过来的，死伤无数，我只在群里喊了一次就来了这么多车，我不可能让这个去不让那个去，我没有那个权力。”神火骂道：“你们不要命了哇，这么大的地震，余震也不小，那边是山区，山垮下来，进去越多死得越多，要讲方法，不要蛮干。”苍狼嘲讽道：“女人才会坐在电视机面前流泪，男人必须马上行动。”随后，在路线规划上，大家分歧很大，我们决定走小路抄近道，即从兰州到临洮、岷县，沿青藏高原大斜坡南下，从高山深谷中直插陇南，从而进入四川广元。苍狼的大部队不愿意走这条路线，他们怕公路塌方，选择了从西安南下安康、重庆，绕一个大圈，从川东向川西慢慢靠近成都。

分手后，收音机里传来清晰而不容置疑的信息，汶川大地震，山崩地裂，青川、北川、都江堰、绵阳震得一塌糊涂。我们面面相觑，原来我们规划的路线就在地震带边缘啊，发生塌方如何是好？磨磨蹭蹭走到兰州已是晚上七点多了，气氛紧张起来，天空中来来往往的军用飞机也多起来了。马大妈从车座后抽出一张通行证，居然是军区救灾特通证，神秘一笑说假证贩子做的，这玩意儿很重要，比钱好使，部队戒严，没它进不了灾区。我有点担心。马大妈大手一挥说："放心好啦，天摇地动一片混乱，没人查的，我们去救灾，又不是去抢劫，你见过开着路虎车抢劫的吗？"

我们拐进兰州的一家牛肉面馆狠狠地吃了一顿，结账时发现柜台上已经摆好了募捐箱，红色的箱子上写着"汶川不倒，中华重生"。刚撂下饭碗，神火就催着继续前行——他想早点去救人哩。马大妈拍了拍神火说："你不是神雕大侠，你只是神经大侠。我们能干吗？你会法术？会技术？会把埋在废墟下的孩子挖出来？我们实际是去凑热闹吧，暂且住下，明天慢慢走。"

第二天车过临洮，隐隐约约感觉有点不对劲，但又说不出为什么，只得把路虎当驴车开，缓慢地往前挪。走到第一个山口时，神火把车往路边一靠，说什么也不肯往前走，端公神婆似的叫道："感觉不对，两年前我才走过这段路的，因为是第一个山口，我当时特别观测过，现在感觉两座山快要挤到一起了，因为地震，山势发生了变化呀，咱们能进去吗？"马大妈骂了一句："你滚哟，这里是古战场，你不会又说些阴魂不散的玩意儿吧。"

神火不理马大妈，自顾自地拉开一瓶啤酒喝了起来，望着遥远天空上灿烂的地震云不吭声。面前是地球上最庞大的高原，我们就像误入巨人国的格列佛一样，高原的任何一点动静都足以惊动整个地球，任何一根毛发倒竖都足以让包括我们在内的许多人饮恨终身。

好吧，那就吃午饭吧。刚吃完饭，马大妈突然对我说："考你一首简单的唐诗吧！'北斗七星高，哥舒夜带刀。至今窥牧马，不敢过临洮。'请问，哥舒是什么东东？"

我蒙了。我确信非常熟悉这首诗，可当马大妈掷地有声地把它摆在面前时，我又生出素未谋面的感觉。我的大脑神经就像跳动的火线，一会儿搭在这里，一会儿搭在那里，搭着搭着就满脑子糨糊了，难道不是"单于夜遁逃"吗？难道不是"欲将轻骑逐，大雪满弓刀"吗？哥舒是什么？尽管脑子像搅拌机一样高速旋转，最后，我不得不承认败了，自罚了二两酒。

神火用筷子戳桌面，老气横秋地说："革命不是请客吃饭，学习要用功，要日三醒（吾日三省吾身，为人谋而不忠乎？与朋友交而不信乎？传不习乎？这个可恶的富二代，经典从他的狗嘴里出来，往往就变成了黄话），哥舒你都不知道？告诉你吧……哥舒就是哥舒翰，唐朝守边大将，属于少数民族将领，他率唐军在这一带对抗过吐蕃军队。"

“当当……”神火随手扔掉的铝皮罐子碰到岩石的脆响，像空旷山谷里的丧钟声一样摄人心魄。马大妈跳起来给了他一巴掌，说你能不能改掉随手乱扔东西的臭毛病。

我开心地看着屁颠屁颠跑去纠正错误的神火，无比蔑视地伸出小指。神火沮丧地把捏瘪了的啤酒罐放回车里的垃圾袋，讨好地坐到劳动（驾驶）位置上，算是自罚。

我们继续前行，目标是岷县。

觑破生死

梅川开始限行，推土机在公路边平整出一条便道，为了方便前边被拦住的车调头回兰州，保证救灾车辆通过。我们通过卡口时，神火一脚油门就冲了过去，生怕被人发现真相追上来。刚过哈达铺，问题来了，前边堵了长长的一溜，许多司机在路边支锅煮方便面。马大妈命令神火看车，又命令我俩背上那个沉甸甸的旅行包随他前行。走出老远才发现被堵在一座上不见顶下不见底的大山上，车队从另一座山的半山腰穿到这座山的底部，然后沿着蛇形公路绝望地往云雾上走，至于再上去到哪里，我们不敢问，生怕问出个绝望的结果来。

原来是一辆旧吉普车坏了，十几个司机正围在那里想办法。吉普车是甘肃陇南一个村支书的，他风光无限地开着车去兰州参加会议，返程途中车坏了。我们旁观了半个多小时，十几个司机捣鼓了半个多小时都没找到症结。马大妈侧身问村支书，你这车值多少钱？村支书毫无戒备地说一万块钱买来的，适合村里道路，开了半年。马大妈说我给你两万块钱，把这车推下悬崖，别在这儿挡路了，我们急着去救灾哩，你坐顺路车回去吧。

村支书急红了脸，说不行不行，孙子最爱坐这车了，天天用车送他上学哩，车没有了，回家咋跟孙子交代？这不是钱的问题。说着说着就坐到吉普车上，死活不肯下来。

我和马大妈面面相觑，心想还有这种搞不清楚状况的村支书？

僵持间，车队后边传来四川口音："还有这样不识抬举的书记哇？一辆破车把我们堵得死死的。"紧接着，四个小伙越过人群走了进来，手忙脚乱地把村支书从车上拖到地上，就像从猪圈里拉出一只待宰的过年猪。

现在，村支书还在不停地挣扎和号叫。最瘦的那个小伙一脚踏住村支书的胸口，另外三个制住他的四肢。然后，其中一个显然是领头的小伙说："我只数三下，给你一万元本钱，多一分钱都没有，你要是不愿意，我们就把你和车一起推下悬崖。"说着说着，另一个小伙子掏出一万块钱，放在村支书右手里，边放边骂："这点觉悟都没有还当村支书？你肯定是个村霸。前边地震死了那么多人，早去一分钟就可能少死一个人，说不定，你孙子现在就被压在房子下边，你还在这里坐地起价。"

马大妈有点于心不忍，搭话说："这钱我出，我说了两万块就给两万块。"小伙子听出马大妈的北方口音，不容争辩地说：“你们都是去我们四川救灾，这钱我们必须出，你们的钱留着进了灾区用吧。”

说着说着，四个小伙就开始清理吉普车里的物品。遇到更狠的角儿，村支书只能沮丧地坐在地上收拾东西。几分钟后，大伙齐心协力把破吉普推下悬崖。它压倒悬崖边的灌木后碰到一块突出的岩石，猛地弹跳起来，然后像落叶一样飘然下坠。我们甚至没有听到它接触地面时应该发出的那声巨响。

过了这座无名大山，公路变窄，车队一头栽进看不到出路的峡谷地带，公路右边是望不到顶的高山，左边是看不到尽头的河水，我们像一块万劫不复的石头，因为地震离开了山体，沿着这条弯弯曲曲的公路滚向四川盆地。

神火和马大妈内急，实在憋不住了才在一个略显宽阔的地带停车。你望着河水发愣。这些河水在群山中狼突豕奔，碧绿中带着粉白，浪花飞卷……我听到你嘴里嘀咕“怎么看怎么像困龙湾的江水，难道这里是困龙湾的上游？”

你满腹狐疑时，神火风风火火地提着裤子跑过来说：“真是鬼地方，半山腰居然有个教堂。而且还有两个年轻人，只不过七窍流血而亡。”

这让我们四人面面相觑。他们的眼睛、鼻子、嘴巴、耳朵流出的血已经凝固，血迹像从体内爬出来的蚯蚓。根据我们浅陋的江湖经验，七窍流血通常都是剧烈震荡所致。问题是，如果罪魁祸首是地震，为什么教堂安然无恙？难道上帝只保佑那些石头造的房子，却不护佑他的信徒？

回到车上继续前行，没拐几个弯就碰到两个交警。我连忙告诉他们半山腰上的死亡，没想到他们反而恶狠狠地质问我们是干什么的。我说亲眼所见啊，难道这也要怀疑？他们没吭声，命令我们掀开后备箱，似乎要查爆炸物或者管制刀具。马大妈没好气地说："该不会怀疑我们是凶手吧，这么不关心老百姓死活？"那位大个子交警很明显地伸长了脖子，似乎是要动手。神火一下子来了劲儿："你俩要是拦路抢劫的土匪，或者想罚钱回家买房子，我立即把你们放翻。老子在少林寺学了十多年武功，放翻你俩没问题。你俩要是规规矩矩查车的国家公职人员，那我告诉你们，我们四人当中，有一个是记者，你想打谁？"那个看起来脾气暴躁的交警也不甘示弱，吼道："记者？哪里冒出那么多记者？防火防盗防记者，我就不信你们当中有记者，谁是记者，站出来我看看？"我心想这还真撞到枪口上了。只见你不急不慢地掏出记者证，双手奉上，不冷不热地说："对不起警察叔叔，我刚好是个记者，货真价实如假包换。我奉命打前站，大部队在后边。"

交警叔叔脸上的肌肉很不自然地跳动着，双手挡住记者证说："不看了，不看了，大家都是公事，你们是去采访啊，那就快赶路吧，前边到宕昌吃饭休息。死人的事我们已经知道了，我们是交警，不是刑警，刚才主要是担心你们破坏了现场……"

临上车，我逡巡四周，突然感觉这里的地形像极了太平洋上那个叫瓜达尔卡纳尔的岛屿，我们就像刚刚摸上岛屿的美军陆战一师，望着面前的层峦叠嶂不知所措，因为我们不知道表面平静的崇山峻岭之中哪里潜伏着要命的杀手。两位年轻教士非同寻常的死让我们意识到，死神正在全时空搜寻人类哪怕是极其微小的疏漏，细如针丝的疏忽都会让我们命丧当场。我还确信，我就是瓜达尔卡纳尔岛上那个叫莱基的大兵，就算死神在前方的岩石上蹲着，我和战友也无法回头，只能硬着头皮前进。

与危险迎面相撞发生在陇南至广元的路上。这里的救灾车辆排着长长的队伍往四川赶，坐在任何一辆车里都能听到别人说话，大家都把玻璃摇下来，有多少只眼就用多少只眼，任务是紧盯两侧的高山。地震把很多石头都震松动了，苍蝇飞上去都有可能惊破山石们那一颗颗早已碎裂的心。遇到余震就更麻烦了，泥土、石块、树木，甚至泥石流如万马奔腾般一泻而下，逃避不及就只有被活埋当木乃伊的份儿，没有一丝存活的希望，比被埋在楼房瓦砾堆下的人还惨。脚下的公路也开始调皮起来。有的地方无缘无故地拱起一个大包，像一只沉睡万年的乌龟突然醒来；有的地方裂开一尺来宽的口子，像地下的巨人张嘴要饭；有的地方干脆被拧成了麻花，像悍妇撒泼般摧毁着美好的一切……就这样坑坑洼洼地走了好久，进入一段开阔的山沟。尽管两边还是云环雾绕的高山，好歹离开了悬崖与河流，大家紧张的神经才松懈下来，纷纷停下车来喘口气儿，相互倾诉着大难不死的庆幸和似真实假的豪情。

山沟百米宽，平坦如砥的沟底横七竖八地坐了好多人。据说前边塌方，山石从千米山顶滚落，把路堵得死死的，工程部队正在爆破。既然如此，大家也就不再装出心急如焚的样子，沟底成了露营的不二选择，停车熄火，挖坑做饭……

沟两旁是数百米长的斜坡，长满各种灌木，更多的似乎是黄连——当地村民用以发家致富奔小康的希望。再往上是环山的悬崖，像腰带一样缠在这座不知道姓名的大山之上，悬崖上长满了遮天蔽日的油桐。

油桐是种可爱的植物。我儿时就沐浴着油桐的清香成长。每年新麦变成面粉时，桐子粑是必不可少的美食，油桐叶则是制作桐子粑必不可少的原料。头天晚上把面粉发酵好，酸酸的、甜甜的，像每个人的初恋。第二天早晨，踏着露水去悬崖边的油桐树上摘叶子。“要摘嫩的哦，你看它就像刚长出来的样子，不要摘老叶子哦。”妈妈总会这样喊，这个声音会传遍整个山村。于是，我的三娘四娘五娘就会伸出脑袋问：“吃桐子粑啊，多做几个，我们也要吃。”这绝不是玩笑。她们完全无法抵挡桐子粑的清香，所以我必须边摘叶子边数，数到五十片，确信够了，这才提着竹篮飞快地往家跑，抱着咕咕叫的肚子等待蒸笼揭开的一刹那。那绝对是个庄严的时刻。我们远比等待出锅的唐僧肉的妖精更加虔诚。我至今都认为油桐叶子好像新婚之夜里绣着龙凤呈祥的被子，有了它，生涩的面团才修成正果。油桐果剖开，会流出很黏的血液，可以当胶水用。大人用来涂抹斗笠，既光滑漂亮，又防雨防水，小孩子用来涂抹扑克牌。那时的扑克牌制作工艺落后，动不动就裂缝，桐油是免费的黏合剂。

那一排油桐树的缝隙里跃动着几缕金黄色，不用细看都知道是僧衣。换句话说，油桐树后正活跃着几个本该超然世外的和尚，这个发现把我们吓了一大跳，和尚到这里干什么？有人说是从成都来的，站在那里充当报警人，发现塌方或者泥石流就通知沟底的人。

我无事生非地问了一句："怎么通知呢？"旁边一个人没好气地说："通信基本靠吼。他们会在上边又跳又叫，下边路上专门有人盯。啥现代科技都用不上，又回到原始状态了。"

跟我们一样急惶惶要去救灾的，多半是些"鸡鸣狗盗"之徒，小摊贩、夜游神、开歌厅的和游戏厅的……有的还是无业游民。这让我想起那句"仗义每从屠狗辈，负心多是读书人"的老话。唉，话说回来，术业有专攻，总不能指望大学教授们丢掉书本开着私家车去救灾吧。

草草吃完，我让神火找点素食，想给和尚送去。神火好不容易找出一大包米花糖，一脸窘态地递给我。马大妈塞给我一块熟牛肉说："把这也带上，说不定人家是藏传呢，藏传是吃肉的。再说，酒肉穿肠过，佛祖心中留嘛。"

等我好不容易翻上悬崖到达油桐树后的空地时，才发现担心是多余的，和尚们的物资非常充足，扩音器、帐篷、矿泉水、熟米饭、治疗拉肚子的药等摆了一地。他们比我们早到半天，在当地村民的指引下来山上担任警戒哨。

“听说你们本来在成都，跑到这里来救灾？”我不安地点了一根烟，借以遮掩自己的窘态。不知道为什么，每次见到僧道二家我都异常心虚，总感觉他们个个都是拥有火眼金睛的孙悟空，而我是只披着人皮的妖怪，随时都可能被他们识破真相一棒子打死。

大师兄法名无尘，旁边的分别是无因、无遮，最小那个和尚叫无语，看来全是“无”字辈的。他们来自成都两当寺。无尘介绍完这些就不再说话，只沮丧地望着灰蒙蒙的天空，心事重重。这副要死不活的样子把我吓了一大跳。我颤抖着问：“死伤很多吗？”

“听说北川县城、汶川县城、青川县城全部被埋，很多山脚下的镇子彻底不见踪影，地震把路截断了，救援的人和物资都进不去。一个县城几十万人哦，三个县城加起来上百万人，跑脱一半的话，都要死几十万人哦。阿弥陀佛。”尽管事后证明这些猜测并非空穴来风却也言过其实，但当真相尚未抵达时，最坏的猜测往往可以成为最迫切的安慰。我递给他一张纸巾。他拒绝了，低头用衣袖擦汗，然后又枯坐在那里，望着阴沉的天空不说话。

无语只是个八九岁的孩子，话多且贪玩，师傅给他取名无语，大约是想让他少说点话。可他显然无法控制自己，手机没信号了他就另寻话头：“大师兄，我们怕是回不去了吧，你把大家带出来，住持是发了火的，要不然我们去峨眉山，我爸爸在那儿。”

信息量很大。无语还有个和尚爸爸，是大和尚生了个小和尚？就像《天龙八部》里少林寺方丈生了虚竹一样？这似乎不是重点，重点是第一个话题：无尘把大家带出来未经方丈许可！我知道寺院其实也是金字塔，高居塔尖的住持就是“最高领导人”，往往说一不二，而无尘居然在住持师傅的暴跳如雷声中带出来一帮年轻的师弟们，明显不把“领导”放在眼里啊。

无尘却理直气壮地说：“责任在我，跟你们无关，我把你们带回去后就还俗，完成学业后去拯救更多苦难的人。”无语吓得跳过来抱住无尘，急惶惶地说：“你可不能跑呀，你跑了我们咋办？我爸说了必须在寺里待够三年。”

无尘这才露出笑意，拍拍无语的肩膀解释说：“他妈妈一年前患癌症走了，他爸爸常年在外经商打拼，突然意识到什么，就作出一个决定，父子俩到两个寺院出家三年，一个在峨眉山，一个在成都，三年之后还俗。”

其实我对无尘“背叛师门”的故事更感兴趣。

说起来挺简单。大地震发生时，九寨沟一家寺院的住持正在无尘所在的两当寺访问，听说回九寨沟的路阻断了，这个住持就地化缘，劝说两当寺的住持率僧众去救灾。可是那个老住持死活不同意，他用世代相传的法杖无数次敲击地面，非常果断地拒绝了僧友的要求："地震救灾是政府的事儿，出家人跳出三界外不在五行中。出家人进入灾区就会破了戒体，多年修行毁于一旦。我们可以在寺里举行祈福法会，为众生祈福。"

两个住持你来我往地在屋子里争论，门外竖着一排偷听的耳朵，为首的就是无尘。无尘出家只有两年，他原是四川大学哲学系的学生，读到大三时办了休学手续入了寺，恰好大师兄因病示灭，他学历最高又能识文断字，住持就破格提拔他为大师兄，主要任务是带领寺里十多个和尚念经、学文化。

大家对住持很失望。无尘当时血冲脑门，没等九寨沟的住持离开就冲了进去，对两当寺的住持吼道："你说得不对，在这里架锅煮粥是作秀，祈福法会固然重要，亲临灾区更重要。而且，师弟们都愿意去灾区，死在那里也不怕。"

老和尚还是不松口，涨红了脸对无尘说："我经历过一九七〇年通海大地震，从死人堆里爬出来的，不想让你们去经历那种永生难忘的恐怖。现在政府这么好，社会这么好，这些事情，有他们去解决，出家人不必冒险。"

无尘继续说："很多人从上海、广东、台湾，甚至国外来，我们近在咫尺却袖手旁观吗？"老和尚涨红了脸，他显然比拼不过这个才思敏捷的大学生，但他极威严地下令紧锁大门，不准外出。无尘也因为刚才的激动无效而沮丧不已，气愤地坐在台阶上，任由漫天飞舞的细雨打湿青衣。

值日僧拒绝关门，瓮声瓮气地说："我觉得大师兄说得对，人生百年，总有一死，与其在寺里得病而死，不如去灾区救灾而死。”话音未落，其他和尚们纷纷附和，都不赞成老和尚的乌龟策略，都认为去灾区固然会碰到种种困难，但可以克服。大家的一致想法是，救灾救难是人之所以为人的基本精神，和尚也是人。

正在大家叽叽喳喳议论不休时，真正的转机到来。寺门口传来喇叭声，进来四个车主吼道：“和尚们得道了哇，要去救灾，好样的，免费车，想去哪里我们就拉到哪里，要了你们一分钱不得好死。”

大家面面相觑。

无语搞的鬼。他成天不是玩手机，就是玩电脑，刚才大家在争论时他已经在居士 QQ 群里发了信息，问有没有便车可坐，拉和尚们去灾区。现在，无语乖巧地给众师兄合十说：“大师兄教我们要知行合一，知道了就要去做，车都叫来了，咱们走吧。”

大家都没想到原本复杂的事情被一个小屁孩儿解决得如此简单透彻。无尘在细雨中一跃而起，带领大家回禅房收拾东西。十分钟后结队出门，回头发现老和尚的脸贴在方丈室的玻璃上，看不出喜怒哀乐。寺门外，陆续闻讯而来的信众把几辆车围得水泄不通，两辆低档次的 QQ 车被勒令退出，代之以牛高马大的 JEEP，居士们拿来了适合出家人的食物和用品。

“现在后悔了吗？”我问。

“没有呀。救灾也是修行啊。等路打通后，我们还要随大部队进山，死而无憾。我们还是没有军人勇敢，他们已经冒着泥石流和飞石进山了，据说还是一个五十多岁的将军带队往里冲……我们总比将军年轻吧，总比五十多岁的人腿脚利索吧……”

我转身抹了一把被山风吹得酸痛的眼睛，借以掩饰自己被一群和尚感动得热泪盈眶的尴尬。

天边突然光芒万道。无尘说那是群山间的一块平地，有四条路交会，成为物资和人员的集散地。大城市运来的人和物都卸在这里，很多物资、部队、志愿者，直升机从大山里抢运出来的伤员也放在那里……

要命的余震

山脚下，马大妈在喊。我告别无尘，连滚带爬地滚下山坡。马大妈兴奋地说，刚才偶尔有点信号，也不知道是从哪个错乱的时空缝隙里挤进来的，是老爹打来的电话。原来，他老爹带领几个参加过唐山大地震救灾的老同志已经坐飞机抵达成都，明天将坐直升机飞抵灾区。

半夜三点，睡意正浓，前边骚动起来，说是路通了，赶紧走。大家只得手忙脚乱地拆了帐篷，神火负责开车，马大妈负责盯路，二闵负责横躺在后座上继续睡。窗外，顺着山路曲折蜿蜒的车灯惊醒一群又一群本已熟睡的飞鸟。

清晨，我被急刹车甩下后座，透过车窗刚好看到令人肝胆欲裂的一幕，无数石块裹挟着泥沙和树木汹涌而来，它们身后，半座大山面目狰狞，露出了可怕的猩红色。

果然碰到余震了。

三百米外，前边那个车已被飞石砸中，车里三个蒙古族兄弟生死不明。后边的车有先见之明，早早停住，唯独该死的神火没注意到山体滑坡，只顾埋头开车，这个富二代终于把我们带进了鬼门关。该前进？该后退？还是原地不动？我们四个人死盯着那个圆滚滚的巨石，努力判断它的运动轨迹。巨石未至，小石子先噼噼啪啪地砸在车身上。马大妈原来说这路虎车防弹我还不相信，现在信了。那些小丑般的石子砸在车窗上，除了弄出些白点子来别无所获。但它们干扰了我们的视线和判断力，加上后边车上的人们又哭又叫，我们四人的判断又各不相同，所以直到巨石离我们只有二三十米远时，路虎车还待在原地，不知道该前进还是后退。

关键时候马大妈急吼："他奶奶的，死了活该，一、二，冲……"神火也顾不得细想，狠狠一脚油门，车一下子蹿出老远，快碰到前一辆车才停住。回头再看，马大妈的判断无比正确，巨石迅捷无比地碾过我们刚才驻车的地方，一头栽进路边的江里。

巨石裹挟的泥沙不算多，但足以封锁整个路面，我们眼睁睁看着后面的车队消失在泥沙的另一侧。车头看不见了，雨刮器看不见了，车顶看不见了，车顶上的天线也看不见了……最后，北面的山川树木都看不见了。堵在我们眼前的是赭红色的土壤，地理学上把这堆鬼一样的东西叫酸性土壤，适宜种茶。可我感觉这堆东西就像是生病的地球长出来的脓疮，让人时时有作呕的冲动。此情此景，我们有点像偏安江南的东晋士大夫和南渡的宋人，这堆体量巨大的泥石流比长江天险还要险峻。唯一值得庆幸的是，石头和红土没有贪得无厌地压缩我们的生存空间。至少，在下一次余震到来之前我们还是安全的。

下了车，来到被飞石击中的陆丰车跟前。那块坚硬的飞石像装了芯片的制导导弹，准确无误地击穿了前挡风玻璃，砸在司机身上，高大威猛的套马汉子就这样与一块石头融为一体。副驾上是他弟弟，正在有一句没一句地呻吟，后座上的另外一个蒙古族汉子面如死灰地躺着，看不到伤情，也看不出来死活。山石把这辆车砸成了变形金刚。我们无能为力。

车上的三个汉子都是蒙古族，露营时，我还借过他们的咖啡末。他们送我一袋咖啡后意犹未尽，又送了根肉苁蓉——那是蒙古人世代相传的宝物。他们来自内蒙古额济纳旗，原本只是结伴出来玩耍——因为副驾和后座上那两位将要娶媳妇，人家姑娘不要一分钱彩礼，只要一个真正的男人。于是，两个男人就把“两万公里”当作彩礼——结婚之前，两个男人必须开车逛完两万公里。

然而，现在看来，事情办砸了。

神火沿公路往前走了一段又沮丧地退回来，说前边也有塌方，车肯定过不去，但人可以过去。他建议扔掉车徒步逃命。马大妈却不同意，气急败坏地骂：“你他娘的崽卖爷田不心痛哦，好歹这车救了我们的命，你说扔就扔哇。”神火意志坚定，坚决要步行逃命。马大妈反驳说：“你是怕再碰到余震，是吧？要是余震来了，步行在山脚下，你能逃过四面八方砸过来的石头？你是孙悟空？刚才要不是在车里，指甲盖那么大点儿的石子就能要你的命。”

两人争得不可开交时，四周狂风大作。我们都以为余震来了，争先恐后地往车上跳，却听到直升机螺旋桨发出巨大而亲切的噪音。没两分钟，一条绳子从天而降，然后出现一个人影。可惜的是，或许是风力巨大，或许是业务不熟，总之人影降落到了烂泥堆里，要不是我们手忙脚乱地跑过去救他，估计他只会在泥堆外留下一双坚硬而直指天空的手。

等他把脸洗干净，我们才发现是个二十来岁的娃。

马大妈搞怪地问：“神仙？妖怪？”

小伙子不好意思地笑了，说这还不算最糟糕的，他昨天掉进了粪坑，差点淹死。这两天他已经绳降了十六次，其中十次差点死掉。

神火用四川口音说：“你不专业哦，小伙子，成都军区的？”小伙子不是军人，只是成都一家航空俱乐部的志愿者。

原来如此。我们立即收敛了取笑的念头，认真地帮他收拾身上的淤泥。小伙子去内蒙古那辆车上拍了照，然后告诉我们等待救援：“这次余震不算厉害，没有把路堵死。前边几公里，两台挖掘机正在抢通，再等一个小时就差不多了。我下来就是告诉你们不要乱跑，还有就是查看伤情。”然后他使劲拽了拽悬在空中的绳子，示意直升机上的同事收回绳子。他在我们的艳羡中慢慢升空，活像印度杂耍里缘着蛇绳升天的艺人。他并没有回到直升机上，而是悬在半空中随直升机北移，越过我们北面那堆泥沙后又滑下来，给后边的人们带去福音。

我们又来到那辆陆丰车面前，想看看内蒙古兄弟怎么样了。车里没有一点生机，原来汩汩流淌的鲜血已经凝结成了黑紫，原来呻吟的人不再发声，原来不明生死的人现在确定死了。我们就这样猝不及防地与死亡相遇，在这荒无人烟的山沟里。我突然感觉一股亘古未有的寒意，说："回车上吧，把暖风开大些，感觉好冷。"

死亡拥有无可辩驳的说服力。回到车上，大家迅速作出一个卑鄙无耻的决定：一旦脱险，决不停留，决不进灾区，直奔广元、成都、乐山，然后转道菠萝市到白佛坪，最后完美抵达困龙湾。

我们没有回忆刚出发时那股豪情——那是四十八小时之前的事儿了。我们太熟悉彼此，一时的热血掩盖不住内心的怯懦，我们只不过是这个社会无数精致利己主义者中的一分子罢了。现在，在死神面前，我们必须承认自己不是栋梁，不能“先天下之忧而忧”，不能以拯救天下苍生为己任……一摊鲜血、一具尸体就足以击溃我们的“豪言壮语”。此时的我们，就是《拯救大兵瑞恩》里的那个厄本，会在夕阳晚照中唱歌剧，会说流利的德语和法语，会写极漂亮的情书，但就是个孬种，不敢与敌人殊死搏斗。是的，我们是逃兵。我们啥也不懂，去了反而成累赘，与其给灾区增加负担，不如主动远离灾区减少点负担……讨论到这里，我们都觉得，比起那些不断涌进灾区的志愿者，我们的选择显得如此明智。

慢慢靠近目的地

到达广元吃午饭时，我们已经彻底忘记了大地震。好像它根本没有发生过，或者即便真实地发生着，也跟我们不在同一个时空里。我们的注意力转到那个叫困龙湾的地方，希望在那里找到传说中的秘密。

“秘密？滚哦。”你骂道，“要是有那么大的秘密，困龙湾早就被霸占了，还轮得到外人？”我终于没有忍住，脱口而出：“那传说中的生死之门是怎么回事？你老爱说这些玄乎的事。”神火端起面前硕大的啤酒杯说：“老闵你好好捋一捋，全世界都传说困龙湾有秘密，应该不是空穴来风吧，看看你的人生经历中，有哪些与众不同的地方？”

马大妈又叫了一个爆炒腰花和河沙煨花生，神火把腿盘在长条凳上，我则偷偷脱掉鞋，跷起了二郎腿。接下来的整个下午，我们的思绪跟随你的讲述，绕过那些无关紧要的风雨，在你记忆的沙滩上拾起一颗又一颗闪光的珍珠。

我们仿佛看到了那个明亮的下午，你和你哥马上就要逃离困龙湾。那是一个庄严时刻，青衣江显得很温驯，这将最大限度地降低死亡风险。父亲给你俩裹了三层兽皮，最里边是一层蟒皮，中间是獾皮，最外边是猪皮。因为这身打扮，你们都获得了一个共同的名字：猪皮崽。有史以来，人们逃出困龙湾只有两个方式：一种是靠死后悠然的灵魂——一般人可能认为没有，但困龙湾从来都认为有；另一种是在人身上绑几张兽皮，再抱着一根比人身稍长的木头沿青衣江漂到白佛坪。这并非神话，你哥俩就是证人。那天上午，千年榕树下，祭祀活动把大人孩子都累得七窍生烟。仪式结束后，“烂克儿”（巫师）折断了长剑，声称永远不再施展法术——其实终其一生，他们也没有什么法术可以施展。后来才知道，折断长剑的原因是青衣江上将要架起四座桥梁直通外部世界。这意味着困龙湾不再需要猪皮崽，也不再需要“烂克儿”。

那天下午，九死一生的你和你哥哥奇迹般漂到了白佛坪，在那里要了几天饭后一路走到肤云县城，按照无因寺和尚提供的办法找到金乌寺旁边的一间木头房子。你们在那里当了几年没名没姓的叫花子，粉碎“四人帮”后你去学校报名读书，老师问你姓什么，哥哥嗫嗫嚅嚅了半天不敢说，最后独自进了金乌寺，待到半夜才回来。第二天，哥哥拉着你的手往学校走，边走边叮嘱说：“我要是死了，你就去找十一戒和尚，你要姓闵，再不能姓贪了。”你扭头来问：“你姓什么？还是姓贪吗？要不你也改姓闵吧。”哥哥摸了摸你的头说：“有你姓闵就够了，我姓闵还是姓贪都不重要了……”说这话时你们刚刚踏进金乌小学的教室，那个写得一手漂亮隶书的老头子确认来者姓闵后，取下眼镜，满脸狐疑地盯着你们：“困龙湾的？不怕死？”哥哥把你拉到身后藏起来，仿佛眼前这个老头就是死神。你看到哥哥把弱小的身子一挺，果断地说：“要死也是我，只要他能姓闵，我死了也值。”老头子认真合掌念了句“阿弥陀佛”，在报名册上庄严地记下了“闵中诚”三个字。当天中午放学时，你的名字已经传遍了整个学校。所有人都像看妖怪一样围着你，不少人伸出指头来测试你是否还有鼻息，仿佛你只是一团雾气偶尔凝聚成了人形，随时都可能烟消云散。

你并没有烟消云散。烟消云散的是你哥，开学第四天他就死了。当天下午是十一戒和尚来领你出学校的，说你哥下午干活累了就去附近的池塘洗澡，然后就淹死了。这一切似乎顺理成章，四川遍地是水，每年要淹死许多大人和小孩子，死神灵魂里并不在乎多他一个……

第二天阳光晴好，路虎车直奔成都，然后取道峨眉，最后折向西北方向的菠萝市。尽管也是高速公路，风物却明显不同。我们感觉进入眼帘的每块山石都满怀恶意，开车的人必须集中精力，稍有恍惚就可能把大家送进火葬场。四个小时后，我们失魂落魄汗流浃背地下了高速公路，菠萝市到了，你弟弟贪不信在高速路口接我们。

你弟弟有一种说不清道不明的本事，导致他无法享受城里的便利生活，只好回到困龙湾，与高山森林为伴。

你的朋友中，有位老大哥，是个天生笑罗汉，见谁都笑眯眯的，酒量奇大，已经练到“百战不倒、倒而不僵、僵而不死”的“金刚”级别，这样的人物想不升官都难。实际上，那场酒席是为了祝贺他即将晋升而特意安排的。公示的消息已经传到每个朋友的手机上了。战斗到深夜两点，他仍然神采奕奕大呼小叫所向披靡。外边下着大雨，他打电话让儿子开车来接。饭局上没有准备遮雨器具，你打电话叫贪不信送几把伞来。贪不信淋得跟落汤鸡似的跑来，看了笑罗汗一眼后，把你拉到一边说：“这个人快不行了，往哪里送？”你瞪着金鱼眼骂道：“半夜三更说什么胡话，他哪里不行了？喝了点酒么，脸色不好看而已。”贪不信非常笃定地说：“我在来的路上明明看到他已经死了，躺在一辆红车上，绝对没有错。”不一会儿，笑罗汗儿子开车来了，一辆红色本田。老大哥一上车，小伙子赌气似的一脚油门飙出老远，劈出的水像被狂风刮倒的野草一般。三天之后你才听说，这位老哥死在当晚回家的车上，儿子叫他下车时才发现气息全无——死于心脏病突发。

直到这个时候，你才觉得弟弟有点特异功能。赶到弟弟家时发现他正龇牙咧嘴地看电视。怎么发现人要死的？贪不信自己也不知道，只是眼前偶尔会闪现一个死人的样子，而且过段时间（可能是几分钟，也可能是几小时，还可能是几天）就一定能见到这个人活着的样子，然后这个人就一定会按照他之前预见到的方式死去。你甚至对自己如此不了解胞弟而深感自责。但这似乎不能怪你，因为你和你哥哥漂流出困龙湾时贪不信还没有出生。时间轻轻一摇，就把大家摇到了不惑之年。“三十年河东三十年河西”，谁也不知道看起来单纯的时间变化之中还夹带着什么不可告人的奥秘。

第二天，你带着弟弟去庄教授家。庄教授专门研究灵异事件，还去荷兰研究过外星人，也是布鲁塞尔人类研究中心的特聘研究员。听了叙述，庄教授思索良久，发出一声长叹：原来时间真的有缝隙。他说宇宙大爆炸留有后门，时间并不一定像人们感觉到的那样一去不复返，有些时候，时间会快进或者倒退，这或许可以解释为什么有时感觉时间过得飞快，有时又刚好相反。

那年中秋节，你再次目睹了贪不信的“特异功能”。你们开车出城玩，很敞亮的八车道上基本没有车，你的车本来停在第三车道上等绿灯，贪不信突然命令你把车挪到第二车道上。你四处看了看，这个十字路口就一辆车，况且，摄像头高悬头顶，挪车要扣分的。贪不信却不管不顾地狂吼了一声“不想死就赶紧挪”！你被弟弟的狮子吼吓坏了，赶紧把车挪了过去。过了一会儿，后边开来一辆小车停在刚才的位置上，大家依旧看不出来有什么怪异。绿灯亮起，你一踩油门冲了过去，从后视镜看那辆小车居然没有动，大约是在看手机或者干什么事儿。

正狐疑间，小车后边飞奔过来一辆拉运渣土的大货车，直接就从小车身上碾了过去……事后，你专门跑了趟交警队调出讯问笔录看个究竟。原来，大货车司机远远看到了绿灯，以为前边的小车会启动，所以就没有减速，等发现小车没有动弹时一切都晚了。至于小车为啥没有动弹，真相永远不可知：小车被轧成了一堆废铁，车里四人无一幸免。一传十十传百，贪不信就成了能预测生死的仙人。这给你们带来了滚滚财源。

最初，贪不信被许多人生拉死拽到医院去，预判临上手术台的人是否还能活着下来。“客户”多半是那些打算通过医闹整点钱的人，因为事先知道结果，他们可以从容不迫地准备道具调集人马。还有就是被一些殷切希望父母早点死掉的子女高薪请去“看望”老人，因为他们可以清楚地知道自己还要红着眼睛熬几个通宵。然而，大家都不曾想到，他居然成了医院的“秘密教授”，经常穿着白大褂戴着口罩巡视重病房，替医生们找出快要死亡的患者。真是够了。

替普通百姓看生死收费都不高，三五百随意，真正赚钱是替那个副局长看生死。那个风沙茫茫的春夏之交，一个县上的交通局副局长找到你，说要请贪不信出马去“看看”局长。局长大人在北京住了一个多月院，这位急于扶正的副局长每次去看望都搞不到实情，问医生医生不说，问局长局长只说是糖尿病犯了……

副局长跟你关系挺好。你每次下去采访他都亲自陪同，出车出钱出酒，当地宣传部搞不定的事儿他都能搞定，是你在江湖上需要仰仗的重要力量之一。你也深知县官不如现管的道理，这次求到头上来了，不敲他一棒子下次就没有机会了。何况，钱绝对不是他本人掏——不要关心谁来掏这个钱，只需要关心打到自己银行卡上的是多少钱。你一狠心伸出两个指头，意思是两万元，当时还感觉脸在发红发烫，赶紧端起茶杯掩盖了一下。副局长瞪大眼睛望着你，吼道："二十万？你也太狠了吧，就看一眼要二十万？"你一听他误解了，刚想解释却被吞在嘴里的浓茶呛得呼吸困难，只好连连摆手，上气不接下气地说："不是……不是……"没想到副局长更误会了，立即讨好地拉着你的手说："二百万？兄弟？好，啥都不说了，就二百万！就这个价，你们记者真黑。不能再涨了啊！"然后又是抹背又是捶胸地折腾了半天。等你平复下来刚要说话，副局长连忙捂住你的嘴，生怕你反悔："好了，好兄弟啥也不说，就这个价，后天我们一起坐飞机去北京。啥也不说，大家兄弟一场。"麻油，到这份儿上，傻子才会嫌钱多。你既不是拾金不昧的君子，也不是助人为乐的活雷锋，跟人民币也绝无仇恨。

买卖不公平，却对得起这位副局长。你和贪不信往局长床前一站，副局长谎称你兄弟俩是在北京工作的远房亲戚，特意来问候局长大人，以后，局长大人有什么事儿可以直接找这兄弟俩。真话假话笑话说了一大堆后，大家退出病房，贪不信非常肯定地说："我看到他躺在地上，满头是血，死了。"围绕这句话，三人在医院的角落里研究了半天，都认为贪不信这次怕要失算：局长难道会死于谋杀？副局长说他不敢，尽管做梦都想取而代之，但谋杀却是从来不敢想的。第六天，局长大人照例去医院楼下散步，不幸被一个钢球砸中头部，居然死了。警方调查显示，扔钢球的是个住在十七楼的精神病患者，那天病情突然加剧，破开窗户扔了一个训练手劲的钢球……然后大家才知道，局长大人患的是胰腺癌，差不多到了灯枯油尽的地步。料理完后事，副局长升了一级。你和贪不信也很高兴：不费吹灰之力就拿到了平生最大一笔收入。正当你准备进一步搅动这个城市的死亡神经时，贪不信却被不断闯进脑海的死亡扰得心神不宁。“我们已经被惩罚只能姓贪了，我不想再被惩罚了。”最后干脆不辞而别重回困龙湾，陪着青山绿水和一群傻了吧唧的动物们过悠闲日子去了。

几杯酒下肚后，马大妈揶揄贪不信说：“你天生有特异功能，最近有没有梦到什么奇怪的东西啊？”贪不信摸了摸鼻子，羞涩地说：“老是梦到鱼在房顶上飞，青衣江里的各种鱼，反复出现，不明白是啥意思。”

我们都吓得不敢说话。很久，贪不信对你说：“哥，你还是不要回困龙湾吧，万一诅咒应验了，咋办？”

大家都盯着你那张乌青的脸。显然，从踏进菠萝市那一刻起，你内心就经受着巨大的煎熬：从小逃离困龙湾的你，现在挂着“闵中诚”三个明晃晃的大字回来了，这不是项羽衣锦还乡，也不是叫嚣“老子又杀回来了”的还乡团，这是在公然挑战五百年前的那个诅咒哇。

马大妈无比豪放地大手一挥说：“都二十一世纪了，你们还相信那些玩意儿，有意思吗？”你哑着嗓子不说话，贪不信虎着脸望天，神火骂马大妈拿别人的性命耍高兴……大家商量来商量去没个定准，心想命是你自己的你看着办。最后，你拉着我说：“我俩都姓闵，你不怕我就不怕。”皮球踢给了我。我心想我本来就不姓闵，跟困龙湾没有一毛钱关系，诅咒对我无效。但表面上，我还得装出一副视死如归的模样，高叫道：“人生自古谁无死，我不信这个邪。走！”

中部

『呱呱』，墙上的青蛙挂钟叫了两声，不用抬头都知道，中午十二点了。我起身合上采访本，给对方冲了杯咖啡后，露出送客的意思：『要不，我请你到单位食堂吃点午餐？咱们好说好散，下午我还要开会。』

这个长相猥琐的中年人却奇迹般地从随身挎包里掏出两个馒头，宣称是从困龙湾带回来的延年益寿之物，得意扬扬地说：『大家都以为地震把你埋在玄都观下边了，我一直不信，因为我坚信生死之门存在，你一定是通过生死之门逃跑的。所以从困龙湾出来后我就来找你，果然找到了。你听我把故事说完嘛。』

好吧……我从抽屉里拿出压缩饼干，边啃边听他说。

杜甫草堂

去杜甫草堂游玩的人很多，懂杜甫的人很少，能够而且敢于继承杜甫精神的人更少。这是所有名人和经典的悲哀。

黄金小屋在山顶

从菠萝市到白佛坪是高速公路。从白佛坪到困龙湾是盘山公路，这条公路是因为发现了贪百城这个人类奇葩后，靠着联合国的无息贷款才修建的。实际上，你兄弟俩真的是困龙湾最后的猪皮崽。你们漂走之后，全中国迎来了改革开放的曙光，困龙湾神奇的传说被政府视为发展旅游吸引外资的巨大商机，贪百城老人的现身说法更是吸引了全世界的眼球。于是，无息贷款来了，公路修通了，桥梁架上了，猪皮崽消逝了，“烂克儿”失业了。

白佛坪对困龙湾至关重要，不仅因为这里是外部世界通向困龙湾的第一站，还因为这里显赫地盘踞着一个信徒众多的藏传佛教寺院——白佛寺。白佛寺的西边正在修建许多住宅，机器轰鸣，砖瓦遍地，据说要把困龙湾、天龙寺等深藏在大山里的人全部迁出来……这里没有发生地震，所以一切照旧。贪百城之死搞出的动静挺大，白佛坪出现了交通管制，车辆得凭交通证才能出入。公路两边步行着许多三教九流的人，就像去参加武林大会一样，这些人迅速吸引了我们因为劳累而显得呆滞的目光。路虎车在崖下江边穿梭后开始盘山而行，下山过桥后又沿江边行驶，然后再盘旋上另外一座山……爬过三座大山后，面前豁然开朗。夕阳晚照中，你阔别多年的故乡，我们日思夜想的困龙湾就在眼前。

远远望去，一望无际的群山和森林被一条宽广而绝难跋涉的大峡谷隔断，峡谷里常年奔腾咆哮着蓝绿相间的青衣江水。峡谷北面是森林、白云、巨龙和神仙居住的世界，人们从来没有奢望要涉过大峡谷去探个究竟，坚持认为那里不是人类应该去的地方。峡谷南面就是困龙湾，困龙湾有头有尾，尾是白佛坪，头是飞仙关，古老相传十六字真言：龙登白佛，天灾人祸；龙入飞仙，万佛朝天。好听难懂，谁也不知道啥意思。峡谷西面是群山和森林，东面也是群山和森林。沿着最宽阔的一条道路南行六七里路便到了天龙寺，一条数百米宽、深不见底的峡谷把天龙寺封成了人间绝境，峡谷两岸的人可以看到彼此的炊烟和房屋，却永远看不清楚对方的脸。沿最大的一条支流溯流而上，会来到一个叫五运场的集市，每逢农历二五八，那里就堆满了翻山越岭来交换、购买物品的人。困龙湾最神秘的地方是鬼市，没有人知道在哪里，只有某种人在某种完全无法预见的情况下才有可能碰到……算了，群山万壑大河奔流，数不胜数，随它去吧。

脚一沾地，我就看到了黄金小屋，它高高兀立在鱼王山山顶上，有点像《西游记》里孙猴子和二郎神斗法时变化而成的那间小屋。据说，它是贪百城这个超级富翁毕生的心血之一，老头子坚信在这样的小屋中离开人世间会有奇迹发生。与黄金小屋相对而望的是云顶寨，它占据着黄金小屋三里路外的另一个山头。现在，它被浓密的森林所覆盖，除了寨中心高高的瞭望台若隐若现外，看不到任何建筑。再仔细些，还可以看到潜伏在山水之间的“九涧十八溪”，包括三仙山、蘑菇山、白云涧、龟鼻滩等复杂而悠久的地名。鱼王山和云顶寨南边是一块七八公里长的大斜坡，困龙湾的绝大多数房屋都在这个斜坡上。那些看起来有几百年历史的破旧房子大多呈一字形排开，一律木板门、黄黏土、米格窗、小青瓦。搞怪的是，现在是农历四月，困龙湾的柑橘却满山飞红，常年开花常年结果，就是不能吃。马大妈嘴角绽出一丝冷笑，说别吹牛逼了行不，你们困龙湾是玉皇大帝的蟠桃园，还是西王母的后花园？21世纪了，还玩玄乎的东西！神火跳过几截田坎摘了满满一把橘子回来，当众剥开舔了一点汁子，立即像被电击一般瘫倒在地。贪不信抱着胳膊不说话，等神火恢复正常后才说：“橘子和野河芋是制作紫药水的原材料，橘子自然落地十天后与野河芋一起熬制……紫药水可以迅速愈合伤口。”马大妈又叫道：“凭什么呀，只能是十天？九天都不行？邪门儿。”贪不信指着江边一排废弃的彩钢房说：“你不相信没关系，科学家也不相信就惨了，轰轰隆隆盖了房子，轰轰隆隆摘了橘子，熬出来的东西没有用。后来听了百城老人的劝，东西倒是生产出来了，可是一出困龙湾就没有用。”如此看来，如果智慧足够，困龙湾绝对可以成为高更的塔希提岛，那些柑橘绝对可以成为塞尚的“苹果”或者凡·高的《向日葵》。可惜的是，困龙湾没有塞尚，也没有凡·高。

贪不信家居然是小二楼，底层是青石，第二层是红砖。联想起他曾经赚过那么多的昧心钱，建栋高楼大厦我都不感到意外。令我深感意外的是，小二楼附近的公路边竟然矗立着六根擎天柱，每根钢柱上都横着一块长方形广告牌。看不到广告牌上的内容，因为它被白布包裹着。小二楼上下共八间，供贪不信和一群无知透顶的鸡鸭鹅居住。现在，一楼堂屋挤满了人，七嘴八舌议论着某种据称可以吸引游客的仪式。四个穿着灰色衣服的人坐在那里不停地摇头，贪不信说他们就是困龙湾硕果仅存的“烂克儿”。我偷偷瞅了四位“烂克儿”，长相普通，毫无仙风道骨可言。

听了好久，我终于明白这群唠唠叨叨的四川人扯来扯去是为了钱。围在“烂克儿”身边的除了村民，还有村主任和镇长。镇长在劝说：“烂克儿”重操旧业，趁着来客众多，让大家见识下濒临失传的魔法：“相当于打旅游广告啊，多好的机会哟！全世界的人都来了，平时请不到，你们还傲起做啥子？！”

“梭边鱼在房顶上飞来飞去，当官的，你们要想办法哦。”突然，一个显然与主题极不相干的声音硬生生楔了进来。

无人回应。其中一个“烂克儿”说：“不是傲起，魔法是骗人的。再说了，你爸爸当官那个年代，说‘烂克儿’是封建迷信，把我们摁在粪桶里。”镇长回骂说你们咋个死脑筋哦，现在发展旅游业，哪个管真假？花果山是真是假？齐天大圣孙悟空是真是假？只要能把人骗来玩一下就可以了，人民币才是真的。一传十十传百，来这里旅游的人多了，家家户户数钱数到手抽筋有啥子不好呢？

“梭边鱼在房顶上飞来飞去，当官的，你们要想办法哦。”声音再次响起。

仍然无人理会。我怀疑耳朵出了问题，尽管确实有点问题。

“烂克儿”还是不买账，继续坚持：“‘烂克儿’传了几百年，你说好就好？你说坏就坏？你是神仙！对不起，神仙大爷，我们宁肯烂在肚子里也不演了。要不然，不知道啥时候又把我们当牛鬼蛇神摁到粪桶里咋办？”

镇长说：“大爷大娘咋还在算陈年旧账哦？此一时彼一时嘛，要往前看，老盯着过去有啥子意思呢？人不能活在记忆里啊。”“烂克儿”说：“忘记历史就等于背叛，你爸爸说我们是妖怪，现在你又说不是妖怪。究竟哪个是对的？总有一个是错的吧。你错了就不要再在这里卖乖讨巧，把大爷大娘们往火坑里推。你爸爸错了，叫他来认个错。”

说得在理！旁观者不识时务地叫起好来，似乎有意与镇长大人作对。镇长怔了怔，无言以对，只好起身骂村主任，说你们困龙湾全是些犟拐子，老子干几年就调走了，你们经济发展不上去，大人娃儿穿开裆裤关我屁事。村主任似乎不怕镇长，立即反驳："你不要冤枉我们困龙湾嘛，'烂克儿'是蛇毒湾的，这个黑锅我们不背。"

"梭边鱼在房顶上飞来飞去，当官的，你们要想办法哦。"孤独的声音再次响起。这次，恼羞成怒的镇长大人正式回应："想想想，想你个鬼啊，梭边鱼关当官的屁事啊。当官的真是上辈子造了什么孽哟，啥子妖魔鬼怪的事情都找当官的。"

这下我看清楚了，镇长大人还击的是那个女巫——"烂克儿"中的唯一女性。后来，当我知道她的真名实姓时，她已经穿过生死之门不知所终。那句重复了三次的话，其实是女巫留下的关于灾难的线索，只是大家读不懂而已。

镇长的失败意外击中了我。老实说，我比所有人都想了解流传千年的巫术。看到"烂克儿"鱼贯而出，我真想跑过去拉住他们，重复一遍镇长的道理。他们并不是没有能力表演，也不是心甘情愿地放弃曾经赖以为生的旧业，而是在那场横扫一切封建余孽的运动中死了心。

我百无聊赖地登上二楼，屋子里堆满了空箱子，竹子编的、纸糊的、木板钉的、泥塑的、石板做的，甚至还有彩钢做的，古人说"凡有井水处皆歌柳词"，贪不信家是"凡有空隙处皆置空箱"。我疑心是农村装粮食所用，仔细一看又否定了这个想法。这些奇怪的箱子大小、高低、形状完全不一样，大的直通屋顶，小的不足一米见方，里边不盛任何东西。

“农家少闲夜，五月人倍忙”，每家每户的院坝里都堆着好几个小麦垛子和油菜垛子。男人们在为贪百城的丧事忙碌，女人们却若无其事，大多三三两两地站在垛子旁，拎根棒槌拍打麦穗或者菜子，点点滴滴地收取辛苦了一冬的果实。小二楼的东北方向是一大一小两个湖。大的是洗剑湖，山光云影全在湖里，小的是荷花湖，栽满了或粉或白的荷花。洗剑湖足足有三百亩，是这一片山河历史的起点和终点。湖背靠鱼王山，山下有个深不见底的洞，叫无量洞，意思是不知道深浅、不可度量。我敢打赌，这名字绝对是和尚取的。无量洞穿山与青衣江相通，所以湖水永远摇曳生姿，波光粼粼。荷花湖与洗剑湖之间的地盘曾经属于汪家。千年以前，闵家从山洞中移出来要修房建屋时，汪家就规定了这种“万国衣冠拜冕旒”格局：汪家的宅院建在洗剑湖和荷花湖之间，闵家的房子只能建在两湖之外，湖成了汪家人的护城河。历史风云足以卷走一切谨小慎微的保护，以前的汪家大院变成了如今的贪家祠堂。“文化大革命”时，高墙大院被拆……只剩下一字排开的九间房子。中间一间最高大，堂屋兼客厅。其余八间分排两边，高度依次递减，住人住神的房间都有。正屋之外是偏房，厨房、猪圈、厕所、仓库等颇具规模地附丽在祠堂四周。祠堂东南方是十丈高的悬崖，鳞次栉比地长满了各式各样的竹子。据说，每至中秋稻米金黄竹叶飘落之时，四面八方的柴婆背着巨大的背篓，拿着十二个叉的竹耙，用不了十分钟就能满载而归。现在，祠堂宽大的走廊里挤满了人。借贪百城之死故地重游的各个分支都来重修家谱，添丁进口的情况说一说，座次重新排一排，世代相传，香火永续，人们就这样纪录这片大地上的生生死死。

“心”字山河

刚看到这儿，几个男人推门而入，搂着我又跳又叫。有个叫贪九的家伙差点儿把我腰压断，他边闪着阿凡提式的八字胡边夸张地喊：“我的朋友，天上的雄鹰降落在树梢，从来没有今天美好，我等待你来到……”我丈二和尚摸不着头，说你省省吧，我都快起鸡皮疙瘩了。另外一个叫小刚子的年轻人拿着几瓶康师傅冰红茶，边学着藏族人喊“扎西德勒”，边弯腰边将饮料双手举过头顶送到我面前……等他们闹完了闹累了，我们才大眼瞪小眼，原来彼此都不认识——他们把我当成了闵中诚啦。说完笑完彼此介绍完，我们四处找你却找不到。晕头转向的贪九一拍脑门说，不用找了，肯定在龟鼻石。

大家下了小二楼一路南行，来到青衣江的巨大拐弯处。此处的青衣江并不宽阔，更谈不上浩瀚，龟鼻石十分扎眼地矗立在沙滩上，身上有很多系船缰的洞，历经岁月光滑圆润。逆水而望，青衣江从群山中奔涌而出。顺水而望，青衣江一头扎进群山之中，滔滔向西而去。千百年来，猪皮崽都是从龟鼻石出发的，抱着圆木顺水漂流，侥幸未死的可以在白佛坪上岸，从此消失得无影无踪。清朝康熙年间，有个猪皮崽中了举人当了县太爷，发誓要打通困龙湾，让家乡人过上好日子。青石小路从白佛坪背后的那个山口开始，沿着十八座大山以及无数的小山头蜿蜒而行，中途还凌空架了三道铁索桥，历时十年才到达困龙湾。据说，那条小路两旁不是悬崖，就是森林，经常被一些凶猛的动物霸占，如果不懂兽语，根本就无法穿越它们设置的各种陷阱。贪不信小时候就尝试过，他只走了一小半就被森蚺和狼挡住去路。动物们学会了人类的奸猾，笨嘴笨舌地喊着“此山是我开，此树是我栽，要从我这过，留下买路财”的匪话。贪不信回敬一顿臭骂，森蚺智商低无法理解，仍然在路中间摆动那丑陋而肥胖的身体。贪不信拎着棒子上去一顿猛揍后，它才摆动着臃肿的身子，极不情愿地离开。总而言之，那条小路实际上没发挥什么作用，龟鼻石仍然是生的起点，也是死的起点。其实，穿过历史的重重迷雾我们可以发现，猪皮崽何尝不是古代中国罔顾技术发展的一枚苦果？“奇技淫巧”得不到尊重，便利百姓生活的技术就是空中楼阁。

只有站在龟鼻石旁才发现困龙湾其实就是一个巨大的“心”字。崇山峻岭被青衣江分割成了三部分，就是“心”字的三点。最左边那个点是大青山，通往天龙寺。最右边的那个点是鱼王山，中间那个点是江对岸的原始丛林。我默默地盯着奔流不息的江水，目送它消失在大青山脚下，隐隐感觉这片“心”字山河里，真的有种难以言说的怪异。

现在，你大梦初醒般向我们走来。贪九和小刚子立即迎上前去，重复了一遍刚才的热情。这一次，热情迅速得到回报，发小们很快就像稀泥一样融成一团。贪九是贪爷的陪伴，之所以使用“陪伴”这个词儿是因为贪爷没有子嗣——他是硕果仅存的驯龙人，犯了禁忌，没人愿意嫁给他。所以过了一百岁后，家族里就派人轮流照看他，贪百城临终前那段时间，贪九就是照料人之一。但他显然并不比大家知道得更多，只知道贪爷精神一直都很好，确实没有得病，是自然死亡的。

“你们觉得会不会有什么古怪啊？黄金小屋里会不会有古怪？”我问。

“肯定有古怪，大家都在说鱼儿在房顶上飞，就是不知道要发生什么样的古怪。等着呗，要死要活，听天由命。”

“那他为什么要立下遗嘱，死了进黄金小屋？烂在里边啊？多可怕。”

“你问我，我问谁？他倒是解脱了，可把我们麻烦的。你看这人山人海，连帐篷都搭起来了。”

“今天晚上，‘烂克儿’会守在贪爷身边，明天再把他送进黄金小屋，我还害怕美国鬼子动用伞兵部队来抢哩。”

“他是驯龙人，他造的黄金小屋肯定有古怪，明天看。”

“美国伞兵部队？你大片看多了吧。贪爷放在玄都观里，哪个抢得到？”

算了，不谈这些了，还是都说说自己吧……说着说着就回到了贪不信的小二楼，有人端了一个熟猪头进来，大家狼吞虎咽了一阵儿。神火问贪不信：“你不是有诡眼吗？看到什么古怪了没有？”贪不信说：“今天接你们回来时我就感觉到了，峡谷北边有东西过来，看不清楚，现在感觉越来越明显了。”

马大妈“嘘”了一声，示意大家不要再议论了，整得人后背凉飕飕的。

我突然想到一个问题：“蛇毒湾在哪里？”贪九说蛇毒湾就是困龙湾的一条沟，那里永世见不到阳光，所以沟里有许多毒蛇，世世代代只有“烂克儿”才肯住，别的人不敢住。

第二天大雾弥漫，能见度差，害苦了我们这些看热闹的。等我们好不容易沿着石阶登上山顶时，人们已经把“贪百城”的遗体安放在黄金小屋前的石坝上了。穿着寿衣寿鞋的“贪百城”没有以真面目示人——按四川人的规矩，死者要用白布蒙脸，只有至亲之人才有权揭开白布看遗容。贪百城无儿无女，自然没有人揭开白布去看他的遗容。这个习俗据说是从诸葛亮时代兴起的，原因是诸葛亮六出祁山北伐中原没有成功，自感死后无颜见先主，遂留下遗言蒙面。当然，料事如神的孔明先生绝对想不到他的遗俗给了“烂克儿”们上下其手的机会，事后我才知道那块白布下盖着的，根本就不是贪百城。

现在，除了“烂克儿”外，其他人都以对待贪百城的心情来对待那个盖着白布的躯体。先是无因寺的和尚，接下来是玄都观的道士，然后是白佛坪的喇嘛，然后是金乌寺的和尚……然后就是被精心挑选的人们围着转圈观瞻，这个过程一直持续到死者生前指定的时间。时间一到，大家眼睁睁地看着三个“烂克儿”把“贪百城”送进黄金小屋，然后关上了门。

看客们只能坐在离黄金小屋很远的阔石上，越过各种各样的头顶远远观看。我、马大妈、神火这些外来人是如此，贪不信兄弟也是如此，重要的人物太多，轮不到我们贴近观看。再说，我们对死人不感兴趣，也不想看他的遗容——尽管许多人认为很重要。其实，我更渴望头顶出现一条龙或者一场龙卷风，或者遗体从小屋中冉冉升起……可惜这一切都没有发生，天空依然乌云密布，青衣江依然咆哮如雷。

马大妈说：“老家伙不会真的死了吧，没病没痛的，人都有一死，赶那么急干吗呢？”

贪不信阴阴阳阳地说：“不要说百城老人，你和我以及每个人都在赶死。”

神火瞪大眼睛问：“我们好好地活着，可没有赶死啊。我是惜命之人，永远不想死——假如可以的话。”

贪不信侧身问神火：“那我问你，你盼望逢年过节不？”

神火掐灭了烟头，眉飞色舞地讲述逢年过节的好吃好玩的，说着说着就手舞足蹈起来。

等他表演完了，贪不信说：“过去的节假日已经过去了，你希望未来的节假日早点到来。急着与未来的日子相会，不是赶死吗？”

我们都愣住了。很明显，我们站在阳光下看风景，贪不信站在阴影中看阳光。

贪九悻悻地说：“百城老人选择这个时候死，肯定经过深思熟虑了的。只是我们法力不够看不透。”神火故意逗贪不信，右手不断在他眼前晃，边晃边说：“你再仔细看看，牛头马面来了没有？”贪不信漫不经心地拨开神火的手，向黄金小屋方向扫了一眼，猛地跳了起来：“哎呀，不好，怎么连身子都不见了呢？”

然后，他丢下手中的烟头飞奔而去。

我是最后一个进入黄金小屋的。

实际上，空荡荡的黄金小屋里什么都没有，许多人远远看一眼就下了山。大家都没猜到贪百城会以肉体彻底消失的形式向人们显示黄金小屋的神通。夕阳经过金片的反复折射，小屋里充斥着用语言难以描绘的灵异。我手脚并用，又摸又踢，这暴露了我内心的卑鄙，但让我感觉踏实——我原以为那个老人其实躲在我们看不到的光线里。地面是岩石的一部分，原生态，虽非平坦如砥，却也不是坑坑洼洼。我原来想他们可以事先在岩石上掏个洞，人送进小屋后把门一关，悄悄从洞中运走……我跪在地上反复拍打，想象中的“咚咚”声并没有出现。墙壁呢？金片是自产的狗头金，经过高温炙烤后熔化在砖头上的，很难撬下来。当然，这东西看起来轰轰烈烈，实际上价值不高。你也许猜到了，我同样没在墙壁上找出任何破绽。然而，我敢断定，看似中规中矩的黄金小屋，从它诞生那天开始，从头到尾都充满古怪，难怪大江南北有无数人按黄金小屋的尺寸营造了无数小屋。

走出小屋，山风凛冽，青衣江开始了每天傍晚固有的演奏，这是一部华丽无比的乐章……曲终人散时，我忽然意识到，既然时间有缝隙，空间也该有缝隙，难道贪百城找到了空间的缝隙？

黄金小屋北面是深不见底的大峡谷，翡翠般的江水日夜奔流。峡谷对面愁云惨淡，云雾之下似乎隐藏着千军万马，杀气腾腾，恐怖莫名。

好吧，现在，我把黄金小屋唯一的门关上。尽管只是粗糙的土金，一米宽两米高的门还是异常沉重，犹如北京紫禁城里十米高的木门一般。门没有锁扣，我只能找根铁丝钩住最下沿一点一点地拉，很费劲，也很考验智力，但我还是气喘吁吁地办到了。我的辛苦获得到了回报，门下沿居然有四个小字：大石花开。我没有故弄玄虚，我没那个闲情逸致。我的意思是，在困龙湾，任何不可思议的神异都可能出现而且被视为正常。比如，每年端午节晚上，凡是在困龙湾的人都会莫名其妙地夜游，妇女们半夜三更会端着洗衣盆到洗剑湖洗衣服，男人们会扛着锄头下地干活，路上见面却不打招呼。再比如人们正聚在一起摆龙门阵，随时都可能从路边的森林里钻出一条几十公斤的大蛇盘坐在人群中，摇头晃脑地听，人们绝不会惊惶失措四散奔逃。又比如人们做饭通常要“倍之”，也就是明明只有两个人吃饭往往得做三四个人的，不是特别能吃，而是经常有不速之客在开饭前的一刹那才坐到桌子面前，瞪着圆溜溜的眼睛，摊着双爪。这些不速之客通常包括：大眼猴、短尾獭、大熊猫、白脸獾、鸡尾羊、黄鼠狼、十子猿、九色鹿、臭鼬……千百年来，这些家伙就生活在房前屋后的参天大树和草丛山洞中，吃饭时蹿上任何一家的八仙桌都不会遭到拒绝。当然，这样说可能会激起臭鼬们的异议，因为身上那股幽古之气，它们经常遭到孩子的无情拒绝，大人们只好把饭菜端到坝子里供它们享用……大石花？鬼知道是什么东西，唯一可以确信的是，它绝对不是城里女人喜欢的“随便花”和“尽情花”。

夜幕从万米高空兜头罩下，北纬二十八度的初夏，群山环绕古木参天，处处渗透着冰冷的寒气。我们垂头丧气地沿着长满绿苔的青石台阶逐级而下，我深信这些无名台阶饱含着先人用锤子钻子钎子这类简单工具对付石头的智慧。青石凿成的石阶古老而沉重，像化身石桥的佛一样超度着我们。走到第三十九级台阶时，左手方向伸出一条非常友好的石板路。沿着这条石板路在悬崖峭壁与雨露白云中冒险半小时，会来到一座古寺。像中华大地上的所有古寺一样，这座寺的名称也一再变化，它曾经叫祈福寺、白云寺、青山寺……现在它叫无因寺，无因便无果，无恶因便无恶果，无善因，也无善果。无因寺分为老寺和新寺，老寺在云顶寨下，新寺在云顶寨上。我虽然热爱佛教，虽然早晨爬山时和无因寺的法器和尚有个约定，但现在不想去寺里，也不想去云顶寨。我们确信还有比去无因寺闲聊更重要的事儿。大家继续小心翼翼地下山，我中途被万年青苔滑倒好几次，两只白脸獾从台阶边上的洞里伸出脑袋来问我“要不要紧”。走到第三百个台阶时，右方出现一条小道，困龙湾称之为“独路”，沿着它走三里就是悬崖，悬崖下是龙腾虎啸的青衣江水。“独路”特指那种长在半山腰悬崖下仅容一条肥猪通过的“路非路故名路”的路，是困龙湾喜好寻仙觅怪的最直接证明，因为传说它可以通往叶盘鬼市，所以人们在半山腰悬崖边开凿了几百条这样的小道，想尽办法寻找鬼市。结果是无人如愿。后来，“独路”渐渐成为女人和儿童专用道。女人要自杀、儿童要抵挡大人们的拳头都往“独路”上跑。偶尔也有男人借用的，比如贪不信太爷的发小雅龙就因为无法还清利滚利的赌债从“独路”上跳江的。我们现在也不想走上这条“独路”，尽管有人说无限风光在险峰，尽管从那里眺望大峡谷有一种难以言述的壮美，但我们只想回到灯火通明的人类聚居处，喝酒、闲聊、睡觉……踏上第四百八十一级台阶，我们都松了一口气，好像终于摆脱黑暗的追杀一般。正前方是洗剑湖，洗剑湖以东的小路通往墓地，那是闵（贪）家和汪家共同的墓地，它占据了一个巨大的斜坡。我们不去墓地，再漂亮再气派的墓地都阴气森森。

一盘炒蚯蚓

往右走必须经过五爷家，这是你老娘交代的关键人物。这个五爷并不是五爷爷，而是你父亲的堂弟。五爷的孙子快要中考了，远道归来的人得表示一点似有实无的关怀，尽管作为一个已经落伍的老牌大学生，你早已不被乡人重视，但这不是自暴自弃的理由。

屋子里吵作一团，好像一群人在斗殴。五爷的孙子灰灰被绑住双脚倒悬在房梁上，脸上、手上都渗着淋漓的鲜血，嘴里兀自理直气壮地叫喊着。贪不信说五爷暴打儿孙远近闻名，但用倒悬的方式殴打亲生骨肉似乎还是第一次。马大妈冲五爷吼道：“你干吗你干吗？家庭暴力是犯法的，把灰灰打成这样还让不让读书了？”五爷毫不犹豫地飞过来一把菜刀，幸亏神火眼疾手快地拉着马大妈闪到一边。五爷生气地说读书有屁用，把老祖宗都丢了还不如不读书。我问灰灰什么事惹老东西生这么大的气？十四五岁的人了不该这么不懂事。小灰灰血液倒流导致脸上通红，嘶哑着吼道："绝对不是我的错，地理书上说，困龙湾是喜马拉雅造山运动时形成的，刚才吃晚饭时这个爷爷又说这里的山谷是女娲娘娘造的，就讲那些陈芝麻烂谷子的神话……所以我就说了造山运动，爷爷就骂我对不起祖先，还拿刀割我。"

小灰灰的话搞得大伙心惊肉跳，我感觉不是走进了一个有房有屋的现实世界，而是走进了一部充满诡异的电视剧。这部电视剧里，父亲不再仁慈，儿孙不再孝顺，山川大地都充斥着弱肉强食之风。我走近左右晃荡的灰灰，果然看到他右手掌处有四条划痕，血像露珠一样渗了出来。我回头愤怒地盯着五爷，猛然觉得眼睛一晃，随即传来一阵号叫，扭头一看腿都吓软了：灰灰的鼻尖上插着一支飞镖——不是中国古代武侠常用的那种飞镖，而是现在城里娃玩的那种像针一样尖的飞镖。从鼻子上传来的剧痛让小灰灰的骂声都改变了轨迹，那声音本来是直接冲他爷爷撞过去的，半途却拐了个弯儿砸到了他奶奶身上。

神火飞速冲了过去，照准五爷鼻子上就是一拳，有点鲁提辖拳打镇关西的味道，老头子没料到有人来这么一手，五味杂陈地捂住鼻子倒在地上。趁这个空当，奶奶冲到门口解开那根粗大的绳子把灰灰放下来。灰灰爬起来，高傲地捋了捋帅气的头发，一瘸一拐地挪到里屋玻璃柜边，摸索了好一会儿，才取出困龙湾家家都有的小青瓶，然后又一瘸一拐地回到我们面前，右手拿着小瓶，瓶口朝上，左手食指盖住那个比针眼儿大不了多少的瓶口，小心翼翼地抬高右手降低左手，直到瓶里的药水滴到左手食指上。现在，奇迹出现，灰灰沾了药水的食指在脸上、手上的伤口处轻轻掠过，顷刻之间，所有的伤都归于无形，除了残留的血迹外看不出来任何异样。贪不信苦笑着说，五爷啊，要不是老祖宗这些药水，你这样殴打孩子要不得，况且，药水能让伤口愈合，却不能让心灵愈合啊，万一把灰灰打死了咋办，困龙湾还没有发明不死药。

五爷说这些道理他都懂，就是气不过。老祖先们都说了，大峡谷、青衣江都是女娲娘娘一手造的，女娲娘娘多神勇呀。原来这里是一段平坦的高地，突然有那么一天，天漏了，洪水一泻万丈，害了无数生灵。女娲娘娘一看这不行啊，捡了一根树枝在硬硬的大地上一画，画出大峡谷，让水汇聚在这里。这样，有了高山，有了江，有了各式各样的湾……你笑什么，再笑老子劈了你们信不信？

五爷不是冲我们发脾气，而是冲蹲在门槛上看热闹的三只白脸獾发怒，它们天生的笑容经常让人误解，比如现在，我们都觉得这些家伙在幸灾乐祸。

五爷点了一罐子水烟，咕噜咕噜抽时还不忘继续大放厥词：平时说说也就算了，书本上那样写可能也有道理。可是今天百城老人死了，他是困龙湾的支柱啊，灰灰还要在伤口上撒盐，说百城老人绝对没有一百五十岁，说我们谎报年龄。这是多么可怕的事儿……你们不知道，按照老祖宗规定，驯龙人死后，很多人都要死，这是困龙湾最不希望百城老人死的根本原因。

我怔了怔，心想不会吧，科技这么发达了，还要按以前的规定来？而且这个规定如此不可捉摸和令人恐惧。难道我从千里之外要死要活地来到困龙湾是为了陪葬？

贠不信也有些生气，踢了一脚坐在地上的小灰灰骂道："祖先可以随便怀疑吗？比如奶奶一直说她是姆姆族，别人不承认，但我们一直都相信。"说到这里，他突然弯腰问低头给灰灰擦拭血迹的那个女人："姆娘，你老爱说你是从大峡谷那边过来的，是骑在龙身上飞过来的？"

姆娘头都懒得抬，把带血迹的湿布甩得啪啪响，以示对五爷的不满，然后一字一顿地说："我——听——到——咆——哮，闭——着——眼——睛，就——到——了——湖——边。"她来自峡谷北面那个神秘的世界，也许是一条神经错乱的龙无意间把她驮过来的。

五爷突然吩咐姆娘："他们没有吃饭，你去弄点饭菜吧，我有事安排。"

贠不信趴在我耳边说姆娘厨艺极差，基本不会制作任何一盘超过三道工序的菜，有时根本不生火，装模作样在锅里炒一通后，端上桌子还是生的。这也许不算最糟糕的。最糟糕的可能是，你根本预想不到她会把什么东西端上桌子，一盘苍蝇、一碗青草、一碟桉树叶、一条活生生的蛇或者一团血淋淋的肉……这在拥有五千年文明的民族是不可想象和不可原谅的，五爷的大儿子就因为过不了这样的生活而离家出走，至今音信皆无。

妈哟，此时不走更待何时，但听到五爷说“有事安排”，大家只好惴惴不安地停下来。停下归停下，我们都明确告诉姆娘要吃熟食，而且绝不要爆炒肥蝇清炖山蚊之类的野味儿。

五爷说他有个心愿，希望有人给困龙湾立个传，留与后世人看。他说这话时一直盯着你，希望你能静下心来听他讲故事。话音未落，马大妈就哈哈大笑起来，因为他知道你有几斤几两，成天喝酒吃肉混迹酒场，哪里干过写书这种“伟大的勾当”。你很有节奏地摇摆着脑袋，脖子就像弹簧一样。你说打死也干不了这事，也不打算干这事儿，写书不如跳江算了。五爷没说话，左手伸进旁边的抽屉里摸了半天。在我看来，那个黑乎乎的抽屉就是五爷的裤裆，抽屉里藏着的东西就是让人误解的黄泥巴，所以他迟迟不肯拿出来。但他终于弄出一个黑乎乎的东西，一边斜眼看着你，一边故作神秘地把东西安放在我手里。我掂了掂，是块被氧化了的狗头金，足足有一斤重，这是青衣江的馈赠。我在脑子里迅速把它换算成了五万元人民币。我示意五爷再给一坨。五爷气呼呼地又去“裤裆”里摸着、比较着，很久才极不情愿地摸出一坨砸到我手里，说你们城里人咋这样，掉钱眼儿里去啦？跟老辈子都讲钱？我说五爷你别生气，这玩意儿在你这儿放着实现不了价值，要让闵中诚写书，不得先花钱买点书看看呀？这两砣狗头金既能满足你的愿望，也能满足大家的愿望，值得。

五爷想了想，点头称是。

当你明白我是在帮你讨价还价时，吓得像躲炸弹一样满屋乱窜。“谁答应的事谁去做。跟我无关，绝对跟我无关。”我跟在你屁股后边气喘吁吁地撵了半天，终于发现我俩都是玩真的。我玩真的是因为我不是困龙湾的人，没资格树碑立传。你玩真的是因为历经多年吃喝玩乐，早已失去了静坐下来写文章的能力。

如处女般静坐的五爷说：“闵中诚你逃不掉的，这是命，信不信由你。”然后他又掉头对我说：“我吩咐了，整个困龙湾的秘密都向写书人打开，每个人都要讲真话。你先帮他应承下来，吃不了亏的。”

我还想推辞，猛然想到可以利用写书人的身份搞到生死之门的秘密。于是，假装万分委屈地点点头。

真正委屈的事情来了。姆娘呈上饭菜，一盘切得细碎的桑叶，外加一小碟蘸水，一盘炒蚯蚓。奶奶的，蚯蚓炒熟了就是一团烂泥，谁吃得下？五爷说这已经是超水平发挥了，大部分时候蚯蚓都没炒熟。

刨了几口，实在吃不下去。五爷问我的来历：“你这个闵家在哪里发源的？”我还没来得及回答马大妈就叫唤开了，说你别管人家是哪里的。你先讲困龙湾的故事吧，都传说有永生秘密哩，我们都想听。

五爷拿出一把弯刀，仔细地刮着烟枪上厚重的烟垢，很久才叹了口气，说：“其实，闵家是从一个鸡蛋开始的。只要是姓闵的都该知道，不知道的就不配姓闵。”

我愣了一下，没敢回应，怕挨他的烟枪打。因为我本来就不姓闵，当然不知道闵姓跟鸡蛋的关系。

“鸡蛋”其实是姬旦，是一个人的名字。周朝的王就姓姬，最出名的当然是周文王，《史记》里说“文王拘而演周易”，周文王就叫姬昌。文王有两个儿子最出名，一文一武。文的叫姬旦，武的叫姬发。姬旦就是“山不厌高，水不厌深，周公吐哺，天下归心”里说的周公。他可是大人物，中华上下五千年的历史，周公的知名度和美誉度恐怕无人能及，上至衣冠中华的礼乐，下至神神道道的解梦，都有周公的影子。姬发就是周武王，武王伐纣里的那个武王，灭了商汤六百年江山，建立了周朝。周朝建立后分封诸侯，“鸡蛋”有个儿子叫姬伯禽，就被分到山东南部建立了鲁国。大家想啊，姬伯禽的老爹是周公，老子这么厉害，儿子能差到哪里去？朝廷有人好办事，所以鲁国搞得非常不错，渐渐地，成为各个诸侯国的模范，年年都受周王表扬，可能还戴过大红花骑过胭脂马。正是这样的鲁国，产生了孔子这样的伟人，我们实在无法想象，没有孔子的中国会是什么样子，对吧。

“天不生仲尼，万古长如夜。”这是后人评价孔子的，我非常赞同。

四百年后坏事儿了。到了姬同（鲁庄公）当国君时，他有个弟弟叫姬庆父，就是“庆父不死，鲁难未已”里说的那个庆父。那是个天生的坏种，做梦都想当老大。鲁庄公病死后，姬庆父就把鲁庄公指定的接班人杀了，扶持姬启当傀儡，没过多久又把傀儡杀了，自己当国君。这下把鲁国人惹火了，群起攻之，好歹除掉了姬庆父。周王听说这事后，就给姬启封了一个鲁闵公的号。闵姓最初其实是“怜悯”的意思，后来才分成了两个字。以上部分来自《左传》，大家都知道。大家不知道的是，鲁闵公不仅是闵姓的来源，也是困龙湾秘密的老祖宗，生死之门就是从那里开始的。

五爷说到生死之门时，我差点儿从长条凳上跌下来，因为我绞尽脑汁来困龙湾就是为了寻找这玩意儿，我曾经猜测发现生死之门有可能是民国乱世时期，做梦也没想到它从“庆父不死，鲁难未已”那个时候就存在了，两千多年前啊。

那么，什么是生死之门呢？我抱着极度怀疑的口吻调侃五爷，居然没有难住他。

姬启天生聪明，还没有被庆父选中时就预感到他要倒霉，正好孔子的先祖来家里做客，姬启就问咋办。孔祖说泰山顶上那个人也许有办法。姬启就上了泰山顶。那人在石崖上画了一道门说，庆父找到你之前，如果你能穿过这道生死之门就别怕，放心地去当国君。如果你不能穿过这道门，说明命中注定，无法和解，也无需解。

尽管早有思想准备，尽管一再努力克制，听到这里，我胃里的恶心感还是不由自主地泛起来了，就像经年累月的沼泽地翻起来的沼气泡儿一样，稍遇明火就会爆炸：大石头上画道门谁能穿过去？脑筋急转弯，“晕”过去还差不多。妈的，要不是看在两锭狗头金的份儿上，老子才不伺候这些破鬼神故事哩，写出来也贻害后人，何苦来哉。

结局是，姬启没有穿过生死之门，最终被杀了，但他在泰山顶上学来的方法让弟弟姬蒙受益了。后者就是在众人眼皮子底下硬生生消失了的……最后，五爷表情严肃地说：“困龙湾四周不是大山，就是大河，是人间绝地，祖宗把我们带到这个地方，就是要我们一直守在这里，守住生死之门的秘密……”

马大妈手起刀落，斩断了五爷的絮絮叨叨：“生死之门究竟是个啥？难道通过生死之门就到了长生不老的境界？是不是道家说的仙境啊？或者是玩文字游戏？”神火说：“我觉得生死之门没啥搞头啊，生老病死嘛，太正常了，好人上天堂坏人下地狱。神仙恶鬼都有机会重新回到人世间，白娘子和七仙女不是都找了个穷男人当老公么……几千年来，人类想尽办法长生不老，总是梦想着死后在另外一个地方继续有声有色地生活，只是痴心妄想罢了。”紧跟着，大家纷纷开炮质疑，表面上不相信生死之门，内心都巴不得早点找到。

五爷没理大家，继续说：“百城老人建黄金小屋就是为了寻找生死之门，今天是不是灵验了？生死之门是存在的，百城老人发现了生死之门的秘密却不能告诉大家，这是我们要破解的。”

你不耐烦地翻了个白眼儿说，好吧，先不争论“生死之门是否存在”这个问题。最重要的问题是，哪个老不死的定下规矩要让闵家人守护生死之门？现在都21世纪了，还要听几千年前的话，简直是被驴踢了脑袋。试问几千年前的那位祖先见过互联网吗？见过汽车吗？坐过飞机吗？知道地球是圆的吗？长江后浪推前浪，前浪死在沙滩上，凭什么要把几千年前的一句话，甚至是胡言乱语，当作金科玉律来遵守？

五爷还是没有生气，掰着指头点数。第一，你们见过会说人话的动物吗？见过不吃人的蟒蛇吗？缅甸的蟒蛇连几百斤的猪都敢吞，何况人。第二，你们见过能让伤口迅速愈合的药水吗？为什么我们的药水一带出去就失效，这里边有什么鬼东西？第三，为什么每年端午节，困龙湾会集体梦游？……

五爷的话击中了要害。我们并非不知道这里潜藏着与众不同的秘密，只是没有把它们与生死之门联系起来思考而已。人和动物杂然相处，难道不是因为环境友好或者从来如此吗？谁会从“有一股神秘力量在控制”的角度去思考？那些会说话的动物，仅仅会点简单的问候语而已，复杂如夫妻吵架这种高智商劳动，它们就完全听不懂了。紫药水可以归结为独特的环境和气候，就像茅台酒只能在茅台镇才能酿制出来一样。难道会有人认为茅台镇有个酒神？我们可以把暂时解释不了的现象归功于神秘力量，可那仅供茶余饭后剔牙用好不好，谁还当真费尽心血去寻找神秘力量啊！又不是去南海打捞南宋沉船或者在贺兰山下挖掘西夏宝藏，搞得这么官方干啥啊。

神火操着刚刚学会的四川话说：“你信你的，反正我们不信，这世界哪有不死之人？”

五爷手中的弯刀不耐烦地飞了过来，神火眼疾手快地抓起面前的盘子抵挡。五爷终于没有忍住心中的怒火，两眼发出可怕的红光，嘴里不断吐出青烟，面目狰狞，咆哮如雷：“你们给老子解释一下，今天百城老人的身体去哪里了？黄金小屋是密闭的，下边是青石，蚂蚁都钻不出去。解释通了，金子归你们，书也不写了。要是解释不通，就闭上鸟嘴，乖乖听老子讲。”

这里不是车如流水马如龙的大城市，还是以胡子长短论英雄的古代，人们经年累月谈论的还是得道升天长生不老。我们只好闭嘴。

驯龙人的传说

坦率地讲，如果真有生死之门，我高度怀疑迁居此处的闵家人就是通过生死之门抵达这个类似原始森林最深处的鬼地方的。要不然，谁会选择如此闭塞的人间绝境？

五爷说，这片山河总共经历过四个时代：神龙时代、屠龙时代、骑龙时代、无龙时代。他并不知道神龙时代和屠龙时代是什么样子，因为闵家先人到达此地时已经进入骑龙时代。

当时，这里已经有了原住民，就是汪家。据说，汪家祖先为了逃避战乱，跳进了滚滚青衣江，有一对男女幸得不死，从此避居这里，生儿育女。那时，这里不叫困龙湾，叫橘花湾，漫山遍野开满橘花。

闵家祖宗刚进入这里时在山洞里安家，靠租种汪家的土地过日子，文雅的说法叫佃户，血腥的说法叫奴隶。这里虽然与世隔绝，江水带来的肥沃土壤却让人们衣食无忧，大家甚至还在江边掏到一口盐井。每年秋天收租季节，整个橘花湾都闪耀着金子般的光芒，汪家的大围仓全部装满了黄灿灿的稻谷。除了面朝黄土背朝天的耕种之外，闵家还有裁缝和郎中这两种人才。裁缝是如何修炼而成的不得而知，只知道老祖先几乎天天浆布制衣。那个时候，江水经常出现成片成片的红绿，像夏日的晚霞掉进江后被撕成了一缕一缕的彩带，江边的参天大树上常常挂满了粗厚的布块，迎风发出铸铁般的声响。浆布的重要原材料是苎麻，中国变成制造业大国之前，这里一直传承着种麻的习俗，成熟的苎麻被集体运到田里沤泡，十天半月之后骨酥肉烂，妇人们便有了施展身手的机会，将麻皮拿去捣，此时此刻，或许就是李白所说的“万户捣衣声”吧，捣精后便成了麻丝儿——那是织布材料。受着现代工艺恩宠的人们多半无法想象麻布的坚硬，贪不信却深有体会。一直到20世纪90年代，节俭的老太太都还在用麻布做蚊帐以抵挡冬日的寒风和夏日的蚊虫。比起薄如蝉翼的机织蚊帐来，麻布蚊帐厚重笨拙，入水吸饱后又奇重无比。

郎中与制布密切相关。布的色彩来自各式各样的植物，有的是草，有的是花，有的还是树根，祖先们从这些植物里提取汁水做染料。他们上山采制染料时，意外学会了辨识草药的本领。在与世隔绝的地方拥有医术，重要性自不待言。流传至今，除了家家都有的神奇创伤药水外，还有“退犯术”。在现代医学看来，“被犯”的症状表面上是临时性休克，根本原因可能是中暑、高血压等关联疾病。但在困龙湾看来，某个看起来健康的人突然口吐白沫，绝对是被一种莫可名状的邪恶力量侵犯了。五爷说到此处，贪不信不厌其烦地给来宾解释“退犯术”。有一年夏天，一个远房表叔顶着烈日在玉米地里除草，挥汗如雨赤臂上阵，旁边还围着一些脑子进水的小动物们在喊加油，这位脑袋大脖子粗的表叔就有点得意忘形，不知天高地厚了。很快，毒辣的阳光让他领略到“逞英雄是要付出代价”的古训。他最终滑倒在锄把之下，口吐白沫不省人事，幸亏一只水牛把他驮回了家，然后一只红腿白鹭飞去报信。等贪不信和父亲连滚带爬地来到表叔家时，病人已被放到床上，脸色苍白，手脚冰凉，一家老小围坐床前面面相觑。父亲先命人寻来一只公鸡，掐破大红花冠将鸡血滴进凉水碗里，然后在碗上放两支筷子搭成十字架。下一个步骤是画符。他掏出随身携带的黄纸，一边煞有介事地画圈，一边煞有介事地念念有词。念完之后，又烧符成灰混进鸡血中。这一切只是准备工作。随后，他掏出小青瓶，在表叔的人中、太阳穴和胸口上各抹了一点儿，然后不停地按摩。等到表叔发出声音后，父亲精神大振，猛吸一口带鸡血的水，鼓圆了腮帮子对着表叔猛喷。表叔就这样在满脸血花中悠悠醒来，不一会儿，就下地如常了。直到现在，贪不信还在探究这一过程中的秘密，究竟是什么东西让昏迷的人清醒？公鸡血？凉水？还是小瓶中的神秘植物汁？或者是穴位上的按摩？……可是，贪不信问遍了所有老人，包括贪百城，谁都说不出个所以然来。他深知，在我们悠久的历史故纸堆里，有太多的未解之谜，就如我们亲眼见的百城老人消失之谜一样，就如五爷马上要讲到的驯龙之谜一样。

此时，马大妈和神火才把一盘桑叶吃完了，感觉差点变成蚕宝宝——桑叶其实能吃，只是口感欠佳，不知道蚕宝宝是否同意这个观点。我们等姆娘收拾完桌子，一个接一个点上劣质香烟，继续听五爷胡说八道。

那时候经常有风雨雷电光顾，白天很短暂，只有三个时辰，相当于现在的六个小时，差不多从十点到下午四点，所以人们休息的时间很多。漫漫长夜，除了众所周知的造人事业外，汪家和闵家还合伙干了一件前无古人后无来者的大事。

驯龙。

闵家浆制的麻布，其实又名捆龙布。

慢点，慢点。我掏出录音笔开始录音。真有龙啊？龙在哪里？会飞吗？五爷转身从抽屉里摸出一张画摊开。贪不信一看，就跳起来说这不是那些森蚺吗？哦，这家伙比森蚺体形大，身上长满厚鳞，表明生活在水里，没准像鲎一样，比恐龙的爹都古老。不过，与传说中的龙相比，它们的形象实在太猥琐了。我们都泄气了，马大妈说谁画的龙啊，咋跟电视上的不一样，太不正能量了，这么丑陋的玩意儿，我们咋好意思说是“龙的传人”？

五爷说这是百城老人亲手画的，他见过龙骑过龙的。

我灵机一动：该不会只有驯龙人才能找到生死之门吧。可是，驯龙人又是怎么确定的呢？该不会是端午节的夜游吧……我刚想任由思想的马儿脱缰而去，五爷又开始了滔滔不绝的叙述。

最初，闵家人住在湖边上的清风崖。每年五月的几个夜晚，湖里总能产生巨大的漩涡，因为洗剑湖连着青衣江，加上汪家人从来没说过有什么怪异，所以大家没在意。又过了很多年，闵家人终于发现漩涡之下有龙。原来，每年五月下旬，洗剑湖里特有的紫电青鱼刚好成熟，贪嘴的龙就钻过无量洞来大快朵颐。这下，人们终于知道，鱼王山背后的峡谷叫蟠龙大峡谷，确有来历，真的有蛟龙存焉。但这个结论并不好玩，激不起人们半点热情。大家对付陆地上的各种大小动物已然力不从心，现在忽然发现水里还有大型动物，而且敌友不明，非常要命。从此，洗剑湖就变成了噩梦，碰到节庆日杀鸡宰羊，人们总是提心吊胆，生怕肉食的腥味搅动龙的嗅觉。过了很多年，人们才知道担心纯粹多余，因为除了特定的那几天外湖面平静如镜，龙除了对紫电青鱼感兴趣外，对其他一切视若无睹。

龙对人不感兴趣，却挡不住人对龙感兴趣。

又过了很多年，无因寺的和尚似乎获得了某种灵感，宣称“可以驯服水龙”。和尚出家之前都姓汪，所以汪家人理所当然地支持。但这一动议遭到闵家人的强烈反对。最直接的理由就是大家对这个怪物的破坏力有多强毫不知情，敬鬼神而远之都来不及，谁还有胆量去跟它一较高下？再者说了，驯服这玩意儿来干吗？和尚们胸有成竹地说，驯服后可以当船啊，出入岂不方便多了？事后证明，这个包藏祸心的念头酿成了大灾难，也使汪闵二家由亲家变成了世仇。

说实话，数百年之后的我听到此处都有些感动了，这想象力怕是要甩李嘉诚几截田坎吧，至少比道家希求长生不老的理想要强大一百倍吧。可是，闵家人顽强地拒绝着，坚持认为不能驯龙，不能骑在龙头上拉屎撒尿，这是定数，是天意，不要说龙来吃紫电青鱼，就是把这里的所有人都吃了也无可厚非。驯龙肯定会遭报应。

说到“报应”和尚们就笑了，这是他们的看家本领。和尚说你们闵家人大字不识几个就别奢谈报应啦，乖乖听安排吧。那个时候的和尚掌握着知识，就像现在的博士生导师拥有话语权一样。

于是，驯龙闹剧开始。于是，闵家的制布手艺粉墨登场。

沤泡好的麻匹不需要锤打，直接编成粗大的渔网——它那粗纤维可不是吃素的，就算霸王龙再世也得束手就擒，更何况人们还在渔网上坠了许多尖锐的竹筒子。计划如下，龙进入洗剑湖吃鱼后，派人从无量洞正上方把渔网放下去封住洞口。被网住的龙和被网住的鱼没啥区别，只能拼命挣扎后束手就擒。天遂人愿，那个月黑风高之夜，汪闵两姓人齐心协力干了一件惊天动地的大事儿。没想到的是，等他们动用了十头水牛和三十个壮汉把奇重无比的麻绳网拖到岸边时才发现，网里躺着的不是一条龙，而是两条，有点像兴高采烈地娶回媳妇却发现肚子里还怀着孩子。大家无论如何兴奋不起来，甚至还有些无所适从——人们担心的是龙吃什么，洗剑湖里的紫电青鱼十分有限。

从那一刻起，这里进入骑龙时代，橘花湾也改名困龙湾。

两条龙瞪着愤怒的眼睛不说话，修长的触须增强了它们的幽默感——有点像滑稽剧里的绍兴师爷。汪家老爷子懂的鸟语最多，煞费苦心地花了大半天时间与龙交流，但无济于事。“烂克儿”开动法术，风幡招展纸钱乱飞了三天，把龙饿得头晕眼花。一只白脸獾看不过去了，气愤地跳到龙背上，试图用肉肉的手掌攻击龙的脖子。让大家深感意外的事情发生了，众目睽睽之下，看起来奄奄一息的龙迅捷无比地一摆头把白脸獾吞进了肚子。白脸獾的牺牲驱走了人们心中的雾霾，野生动物多的是，随时可以抓一大把来喂龙。

人们用胳膊粗的毛竹在湖边围成一个水牢，把两条龙圈在里边，天天捉山上的野味来满足它们刁蛮的胃口。龙承载着这个幽闭山村走出重重大山的梦想，所以人们一边泪流满面地抓森蚺、白狐、白脸獾等动物，一边祈祷神灵不要降罪。

下一个问题是，怎样驯龙？谁来驯？

尽管驯龙理论是和尚们提出来的，就像革命家提出革命理论并不一定要冒着枪林弹雨去冲锋陷阵一样，和尚们自然不会冒着生命危险去驯龙。和尚们不干，汪家地主更不会干这没屁眼儿的事，任务自然就落到了佃户身上。

第一个被推上断头台的是闵星澍。这位祖先天生异相：一是很重，身高只有一米八，体重却能吓死人。每年庆祝丰收的节日盛宴上，猜测闵星澍的体重是最重要的赌博活动。人们使用“曹冲称相”的办法，得出他的体重在四百斤至四百四十斤之间。他的另外一个特点是毛发生长不均，左半边长得比右半边快，好像身体分配给头发的营养都跑到左边去了。当然，大家选中他不是因为头发，而是因为体重——无论如何，越重的人越适合驯龙，至少不会轻易被龙甩下来吧。

现在，闵星澍先生准备骑龙了。龙有三个硬角，大家合力在硬角上钻了三个小洞，穿进麻绳当缰绳。有人取笑说：“都说胆大骑龙骑虎，胆小骑猫屁股，你是开天辟地第一人哟。”闵星澍先生紧张得想哭，但面对上百口人的期待还是忍住了。因为他确信自己还在洗剑湖里——他三四岁就在这湖里游泳，熟悉湖边的每块青石和青石上的绿苔。

龙非常顺从地凫在水面上，低眉顺眼，像个待嫁的姑娘。汪家财主甚至还吟诵了那首“妆罢低眉问夫婿，画眉深浅入时无”的古诗，感觉这条龙真的是为汪家而生。一些人拉着绳子，一些人小心翼翼去开竹门，生怕另外一条龙趁机溜走。人们显然多虑了，即使是闵星澍胯下那条龙，人们也花了小半天时间才把它哄出去。出了水牢的龙很快就明白了自己已重获自由，非常欢快地沿湖游走。闵星澍喊叫着替自己壮胆，十圈八圈下来，他和龙都找到了感觉。龙摆着尾巴啪啪地打着水面越游越快，他挥手向湖边里三层外三层的人群示意。人们终于松了口气：龙终于不是传说中的那种龙，不能飞天，只能在水里游。没用多久，闵星澍先生的御龙术就有了显著进步，驯龙手法跟人们当初设计得一模一样：拉左边绳子龙就往左转；三根绳子一起拉，龙就缓缓停下来……当然，除了规定动作外，龙有时也来点自选动作，比如将整个身子深潜入水，带动闵星澍也潜入水中，只留个脑袋在水面上……

“很不错，可以骑着龙去白佛坪了。”汪家老财主拈着垂到胸前的白胡子说。连续几个月，人们都把锅灶搬到湖边，烹牛宰羊且为乐，彻夜畅饮不须归。那个神圣的时刻终于到来。那天午时，人们撤走了罩在无量洞口的网，好让龙明白可以回归属于它的自由。龙显然看到了，两眼放光，兴奋地绕湖三圈后停留在湖心，以一种全新的姿态打量着鱼王山和无量洞，思考着下一步行动。

龙不知道的是，人们已经在龟鼻石旁设置了精密的水牢。大家设想星澍先生憋足了劲把龙带到此处后，将龙拴在龟鼻石上，从此，人们可以骑着龙进出困龙湾。天堑变通途，多美呀。

现在我们都知道，龙停在湖心是为了计算水面离山石的距离。也就是讲，它在目测闵星澍头部距离无量洞上壁有多远。它这样做不是为了避免后者受伤，而是为了谋杀——这才是龙应该干的事儿。

接下来，人们看到了属于龙的神勇。它迅捷无比地冲向无量洞，快到洞口时头部猛地潜入水中，背部却高高耸起。这个举动使闵星澍准确地撞到了山石上。紧随着，龙尾晃动了几下，把气息奄奄的星澍先生彻底甩了出去。然后，龙钻进了无量洞，踪影皆无。

所有人都吓得目瞪口呆。

等人们把闵星澍先生捞起来时，他早已没有一点儿生命迹象。和他一起漂浮在水面上的，还有从龙背上撕下来的一大块鳞片。

龙就是龙，天生就不是任何人的掌上玩物。

洗剑湖西侧有一块平坦的巨石，是困龙湾的天然屠宰场。现在，闵星澍平躺在巨石上，坚硬的山石撞得他脑浆迸裂，五官模糊。闵星澍老爹无助地望着里三层外三层的人们，巴望获得一点安慰和希望，可惜大家除了摇头叹惋外别无他法。过了很久，有人才把目光投向无因寺的那些和尚，心想驯龙的主意是你们出的，现在人死了总得给个说法吧。

和尚们很淡定。经年累月与死亡打交道，他们形成了一套完整的理论。闵星澍是在他们无知的怂恿下丧命的，他们却觉得这是命中注定。命中注定和尚有时候会无知，命中注定驯龙会死人……总而言之，一切都是命中注定，和尚们没有什么过错。

然而，死者老婆却不相信命中注定。她拎把菜刀闯入人群，一手把骨瘦如柴的首座（和尚们的大师兄）拎了起来，连拉带拽地拖到湖边一块拴牛石上。虚弱的首座毫无还手之力，气喘吁吁地等待着事情发生。

闵星澍老婆有姓无名，但她有另外一个足以让人铭记至今的身份——铸剑李的女儿。

铸剑李的先祖住在天龙寺，是远近闻名的职业驱魔人，铸的剑不是用来打架斗殴或者抵御外侮，而是用来驱魔作法。这跟闵家祖传的退犯术不一样。退犯术借助药物之力对付某种疾病，驱魔对付的是虚空中或有或无的东西，程序要繁杂得多。退犯术只能由某个被犯的病人触发，无人被犯是不能启动的，毫无理由地把一个鲜活的人或者被蛇咬了的人当作被犯着的人来处置，引来的可能是一顿毫不留情的暴打。驱魔术不一样，有没有魔、该不该发动、持续多长时间完全由驱魔人说了算。驱魔人相当于现在的垄断企业，既当运动员，又当裁判员，说涨价就涨价，老百姓没有话语权。后来，李家先祖发现鱼王山下的湖水更适合铸刀剑，就在湖边建了个大土炉，一年四季叮叮当当地铸剑锻刀，那湖从此便改称洗剑湖。

铸剑李的女儿成天与刀枪打交道，耍菜刀简直是小菜一碟。“我要我男人活过来。”女人一边坚定地说，一边努力想把首座的左手五指分开。

首座虽然孱弱，攥紧拳头的力量还是有的。三下两下没达到目的，铸剑李女儿毛了，一脚踩在首座左手腕上。和尚痛得立即就范，乖乖分开五指，嘴里却高叫道：“那是天意，不能怪我们。”

女人骂了句“天你个头”，大家只感觉寒光一闪，和尚的左手小指就滚落尘埃。“轰”，就像鞭炮扔进一群黄毛鸭子当中，原本抱着事不关己的心情看热闹的人们立即四散奔跑。

“疯婆娘，方生方死，方死方生，一切随缘而起随缘而灭，你为什么又要固执于生死呢？”首座把《庄子·齐物论》背得溜熟，自认为凭这个就能从女人的刀下解脱。有人也帮和尚说话：“你个疯婆娘，自古杀人要偿命，把和尚砍了你也跑不脱，快把刀放下。”

女人根本不吃这一套，歇斯底里地吼道：“我男人死了就是活该？和尚死了就要我抵命？都是一张嘴两条腿，凭什么你们的命就更高贵，我们的命就不值钱？他死了，留下我和六岁的儿子，孤儿寡母怎么活？”话音未落，寒光一闪，首座的无名指又离开了手掌。

“我要我男人活过来。”女人坚持不懈地重复着这句话，看样子，如果首座仍然回答“不可能”，她会毫不犹豫地继续剁，剁完手再剁脚，最后剁脑袋，大家相信她干得出来。首座痛得说不出话，女人第三次举起了菜刀。

此时，无因寺的方丈赶到，大喊了一声：“等一下，可能有办法……”

“有办法”的意思是和尚能让闵星澍死而复生？

“我们试一试吧。你们闵家不是有本《黑神道经》吗？你们总不会不相信自己的祖宗吧。经里讲过一个方法，好歹试一试，不成功再还你一命也不迟。”方丈讲得诚恳，女人就放下了刀，跟着大伙一起来到半山腰上的无因寺。

《黑神道经》确实是闵家人的独传，据说藏着破解生死之门的方法，只是闵家人向来愚钝，识字又少，无人悟透。倒是汪家的和尚们把经书当宝贝，有事没事都来参悟。

首座带领和尚们进寺后返身关了大门，过了好一阵子，才出来宣布说：“三天之内找到三千三百三十三块石头，用它们砌成房子，多一块少一块都不行。”

人们立即行动起来。他们相信自己正在经历一件开天辟地的大事儿：让死人重新站起来，跟大家一起载歌载舞。所有的人和动物都参与了寻找或搬运，后背光溜溜的大蛇在丛林中寻找可以搬动的石头，灰鹤狂舞着双翅报告最新发现。男人和大型动物负责运送石头，和尚们负责砌房子。两天之后人们发现，石头有大小厚薄之分，砌出来的房子东高西低南厚北薄，像个怪物。和尚们把死者抬进了石屋，接下来，方丈和首座发生了激烈的争吵，首座主张这样念经，方丈主张那样念经。最后，两人各领两名和尚，各念各的经……

关键时刻，不知道从哪里传来一阵急速而响亮的鼾声。环顾四周，其他人早跑了。墙上的挂钟已指到深夜两点，确实该睡觉了。可这鼾声是谁的？我扭头盯着门槛上蹲着的三只白脸獾，它们往五爷那边努嘴。循声而望，鼾声却是从五爷喉咙里发出来的。他不是一直在讲故事吗？一边打鼾一边说话？这算什么本事？白脸獾们跳过来告状说："他一直在用腹语给你讲，其实早就睡着了。"

听说过腹语，没想到就这样毫无准备地与它相遇。我拍了拍五爷的肚子问："今晚不讲了吧，这些故事你从哪里知道的？"肚子马上回答："贪爷告诉我们的，只有他才懂。"

说到这里，五爷的喉咙叽里咕噜地响动起来。这是要醒来的节奏，我赶紧连蹦带跳地逃出屋去。

涪江两岸

逝者如斯，我们都得给时间让路，时间才是最后的胜利者。

祠堂里的法术

困龙湾家家户户都有看门的动物，五爷家的是猫头鹰。清冷的月光下，七只猫头鹰整齐地排在屋檐边，冰冷地盯着我这个不速之客。我忍不住哆嗦了一下，拉了拉衣领，快步来到洗剑湖边那块平坦如砥的巨石上。巨石历经亿万年，表面已光可鉴人，据说已被列入国家保护范围。我心想，人们照样在上边收晒粮食，烹羊宰牛，咋保护呢？也许，就像绝大部分挂着保护牌子的地方一样，保护不过是一种象征性的提醒罢了。推土机真要来，别墅真要盖，没长牙齿的保护牌子不起丝毫作用。

一大帮人在巨石上吃烧烤，寻找儿时的记忆。你说你总会想起周杰伦那句“岁月在墙上剥落看见小时候”的歌词。“墙”就是五爷家一字排开的土墙，“小时候”就是山魅看护你们的那段晦涩光阴。幼小的你们在巨石上玩耍，负责照料的不是人，而是山魅。山魅是一种猿猴，足足有三米高。小时候，你经常在它们怀里玩，印象最深的有两只，一只叫树子，瘦，另一只叫烟囱，胖。巨石边就是如梦如茵的洗剑湖，孩子们随时可能掉进湖中，但山魅却从未出过差错，难以想象它们拥有何等出色的智力。我对烧烤没兴趣，一直以来，我在死人的场合都没有胃口。我掬了口湖水，清洌而腥气十足。这两天来的人多，杀猪宰牛招待四方宾客，致使湖水都变了味儿。抬头望去，祠堂里仍然灯火通明，想来还有许多事情得连夜办，因为天一放亮，大部分人就要各回各家各找各妈了。我“唉”了一声，对紧跟在屁股后边的三只白脸獾说：“你们也跟了我半天了，回去睡吧，我也要睡了。”

“白毛说要见你。”年龄较大的那头獾说。

“白毛是谁？”

“它抱过你。”白脸獾可以说人话，但词语有限，生怕多说一个字会闪了舌头。这让我根本无法获得准确的信息，只能连猜带蒙，白毛是山魅？我打了一个巨大的哈欠后果断拒绝：“弄错了，我不是困龙湾长大的，它哪里抱过我呢？”

“反正它说是你，管它哩，去见它吧，明天就来不及了。”

啊，我一下子跳起来，早就听说动物对有些事情异常敏感，可以像先知一样预言未来。

白脸獾带着我往黄金小屋方向移动，漆黑的夜晚和光滑圆润的石板路让我胆战心惊，这里可不是任我马儿跑的城市，这里每寸土地每粒石子都如天地般古老，伤在它们手上我连埋怨的资格都没有。

远远就看到山脚下的台阶边堆着一个巨大的黑影。等我气喘吁吁地到达跟前却发现，既不是“树子”，也不是“烟囱”，而是你最憎恨的那一只。它头上有一团白毛，智力也差，往往无法从发型和脸形区分男女，非得拎起孩子的腿来看个究竟。孩子们都恨它，就像幼儿园孩子不喜欢充满暴力的老师一样。

它像醉翁一样颓废在地，嘴里叽里咕噜着只有白脸獾才听得懂的话。很久，白脸獾才翻译出来：“它想搂着你睡一觉。”

我想告诉它斗转星移了，那个只有几斤重的孩子早已长大。然而，它把两只粗大的手掌掌心朝上叠在一起，平放在肚子上，点头向我示意。我只好双手平端，仿佛托着个婴儿，轻轻放在它手心。最后，我煞有介事地把右手食指放在嘴唇前，示意它不要说话，因为“孩子睡着了”。月光下，它满面慈祥，好像怀里真有一个需要它细心照料的孩子。一种前所未有的疲乏感袭来，我昏昏沉沉地靠在山魅身上，不顾一切地睡着了。

第二天，我在祠堂的花廊里醒来。人们依旧在忙碌，没有人管我。有人说：“长寿的秘诀是保持呼吸不要断气”，我虽然一直躺着，并没有断气，所以无人为我慌张，他们在为另外的事情奔忙。

祠堂正屋外的回廊上，许多人围坐在八仙桌边。无因寺的法器和尚也在，更夸张的是白佛坪的红衣喇嘛也在。红衣喇嘛属于藏传佛教，无因寺属于汉传佛教，同是佛教，习惯差别非常大。比如无因寺和尚吃素，白佛坪喇嘛吃肉，这让无因寺和尚无论如何不能理解。所以他们能坐到一起心平气和地商量事情，基本上算人间奇迹了。

我听着听着便汗出如浆了，原来昨晚发生了奇异的死亡事件，他们正在调度人手，安排所有来宾迅速出山，防止死亡祸及宾客。

红衣喇嘛问："动物死了多少就不要说了，谁是第一个死的人？"

有人回答："忠贵。"

啊，我鲤鱼打挺跳了起来。他们嘴里的"忠贵"就是五爷！这是个至关重要的人物，昨晚还好好地讲故事哩，咋转瞬之间就死了？

法器和尚叹了口气说，看样子，第四次大死亡来了，这次是百城老人引发的。

这时，你和贪不信冲进来，冲我吼道："你还在这里闲着啊，人都死了一坝了，等人死光了你问哪个啊。第四次，绝对是第四次来了。"我这才想起还有非常重要的事儿要做，形势逼人，得跟死神赛跑。

原来，当天早上，因为还要到祠堂来念一段告解经文，法器和尚早早去推方丈室的门，意外发现老和尚坐在太师椅上耷拉着脑袋圆寂了。方丈九十三岁高龄，随时都可能挂在墙上，所以大家没觉得意外，只是感觉有点凑热闹的嫌疑。云顶寨上都是些老弱病残，法器裹着漫天浓雾下山来请村民帮忙，刚下台阶就碰到了挤作一团的我们：我鼾声如雷，白毛不知去向，三只白脸獾没能记住“长寿的秘诀”——都死了。法器叫声不好，赶紧撞开五爷家的大门查看，如他所料，五爷、小灰灰、姆娘全在熟睡中死去……整个困龙湾一夜之间死掉了二十三人，动物更是不计其数，田间地头树上水里都有。不期而至的死神吓坏了无聊的看客们，成百上千的外来者迅速逃离了困龙湾，包括开着路虎车的马大妈和神火。喧嚣远去，困龙湾重回寂静，默默承受着属于自己的生生死死。

从天而降的无力感砸在头上，我感觉自己变成了比萨斜塔下那块无辜的石块，被伽利略扔下的铁球狠狠砸中。贪不信抱着忧郁的头颅四处乱转，更多的人瞪着空洞的双眼无所适从。雨突然没头没尾地下，祠堂里显得拥挤起来。

五十年前，百城老人放出风声想死，家族立即派了四个人日夜照料，防止他自杀。最后一个月陪伴老人的除了贪九，还有小月、立功、甜甜。贪九年长，算是领班，其他三个全是二十多岁的小年轻人。小月学的是护理，每天负责量血压、测体温等基本保健工作。立功是厨师，每天做一顿饭——过了一百岁后，老人只在每天下午两点吃一顿饭，如此坚持了五十年，真是可怕。甜甜负责老人的娱乐，给他调整电视，读报纸等。

此时我才知道红衣喇嘛叫丹增，原来在青海玉树，到白佛寺只有一年时间，不太熟悉本地语言，说起话来像喉咙里卡着根鱼刺一般。但他的英语居然说得非常流利，逻辑思维也很强大，像侦探一样连连发问，不遗漏每个细节，诸如百城老人干了些什么，说了些什么，有没有在纸上写东西，等等。

贪九委屈地伸开双手说："所有的东西都在屋子里摆着，我们没有拿走一片树叶。他家还有几公斤金锭我们都没有动，何况什么纸啊布啊，没人拿。"

法器和尚赶紧打圆场说："不是这个意思，我们怀疑百城老人下了诅咒，所以才会出现死人现象。你们回忆百城老人说了什么，尤其是连续一段时间都在说同样的话……"

小月机灵点，突然尖叫道："我知道，我知道，他就是诅咒了我们。"她经常听到百城老人喊："你们不得好死，不让我死，你们都不得好死"。受到小月启发，贪九也表示曾经与百城老人有过一次十分可疑的长谈。

有天下午，百城老人吃罢饭后又要了一碟石盘果和一壶小酒，独坐在葡萄架下享受。午睡中的贪九被轰隆隆的雷声惊醒，急忙去请老人回屋。老人望了望天空说不会下雨，反而让贪九陪他喝酒聊天。聊着聊着，他的火气就上来了，气势汹汹地说："你们把我照顾得好好的并不是为我着想，我最多可以成为你们梦想长生不老的标本。可是，我真想不通长寿有什么意思，个个自私自利，还要活得天长地久。我们已经被惩罚了，名字都改成贪了，你们还执迷不悟？"贪九怯怯地望着老人，很久才敢发问："我们咋个自私了呢？我咋个想不通呢？人又不是猫，没有九条命，只有一条命。人死不能复生，活着有啥子不好呢？反正都要死，急什么？"

百城老人突然消了气儿，像被麦芒扎破了的气球。他掰着指头问贪九："人总会老，是吧？"贪九不知所云地点点头。百城老人又说："我是人吧，也会老对吧？"贪九不敢点头也不敢摇头。事实上，他和绝大多数人一样，搞不清楚面前这个一百五十岁的人算老还是算年轻。若是年轻吧，大家都尊称他是地球上最年长的人，若是年老吧，他又丝毫没有风烛残年的迹象。或者说，他根本就不是人？是龙变的？

"老了，器官功能就不行了。有一天，我会中风，半身不遂，屎尿都要人收拾。或者心脏需要搭桥，或者药不离手，或者干脆得个癌症，全身挂满各种管子，你说，我要苦苦等到那一天到来吗？那种生活很好吗？"百城老人说的那些病，此时正神气活现地盘踞在云顶寨其他老人身上。有药不离口的，有仪器不离身的，有全身瘫痪在床的，有肠胃腐烂成天哭爹叫娘的……

贪九说凡事都有例外，你活了一百五十岁没有一点毛病，说不定是地球上的例外呀。你不是经常说"凡事都有例外"嘛。没想到百城老人怒火更炽，气咻咻地骂道："我何德何能例外？想例外就是贪心不足。"

说着说着，百城老人居然憧憬起死亡来。"死了多好啊，再听不到那些恶心的言语，看不到那些丑恶的嘴脸，再闷热的夏天、再寒冷的冬天都迫害不了我啦……”贪九说他永远忘不了百城老人充满渴望的神情——就像小孩子将要见到失散多年的妈妈。贪九不可理解地摇了摇头，抬头望了望天空。头顶，无数金黄的银杏叶飘然而下。

法器让贪九、小月、立功、甜甜四人坐在一条长凳上，舌尖顶住上颚，眼睛微闭，然后叽里咕噜念了一段经文。十来分钟后，四人悠悠醒来。法器问他们脑子里留下什么？诡异的是，四人不约而同地说看到人死了、动物死了、青衣江干了。法器于是断定这就是百城老人的诅咒，现在人死了、动物死了都在应验，青衣江当然没有干——那也太不可思议了，日夜奔流的江水咋能干？小月又想起一件事，急惶惶地说："他画了许多东西，我看不懂，说不定就是咒语吧。"

人群发出“轰”的一声，就像滚烫的油锅里扔进去一根冰棍。立功扯了扯小月说："在哪里，我怎么没有发现？"小月说："在蚊帐后边的墙上。"

看来，去趟云顶寨是不可避免的了。瓢泼大雨不管不顾地下，伞不管用，雨衣倒是有几件，但山路难行，大伙决定暂时在祠堂里躲雨，等风雨停歇后再上云顶寨。

我很外行地问了一句："老人住在那么高的寨子里吗？不怕冷啊？"

丹增狠狠地瞪了我一眼，法器连忙解释说我是外来人，不知道云顶寨的前世今生，情有可原。

其实，土生土长的人也有不知道云顶寨的，比如你。小时候，你一直想爬上去看个究竟，有好几次都快接近寨子了，不知从哪里冒出几个挥舞着棒子的和尚，吓得你们屁滚尿流地跑了。后来有一天，云顶寨上专门下来几个人，把孩子集中到巨石上训示，他们抓住了三个偷偷翻进寨墙的孩子，当着大家的面剥光了他们的衣服，用竹片打得他们皮开肉绽。第二天，有个被暴打的孩子一气之下选择了“独路”，从风光无限处跳进了青衣江。血淋淋的教训烙在身上痛在心里，再没有人敢越雷池半步，大家都把云顶寨当作恶魔般的存在。尽管多年以后大家都知道，云顶寨其实是八十岁以上老人的养老院或等死场，大人们绝对禁止孩子们上寨子，只是不想让他们过早涉足生死之地罢了。

下雨无事，我想继续听五爷没有讲完的往事。祠堂的管理者叫贪忠明，是九爷，他居然不知道，还惊恐万状地说：“驯龙人的事情，我没有资格知道的，要遭天打五雷轰的。五哥知道，你看他就完蛋了吧，要遭报应的。”

九爷身后是祠堂黑漆漆的灵位房，十米长六米高的神龛上密密麻麻地排着数百个牌位，木制的牌位经不起此起彼伏的风吹雨打，有的黑漆斑驳、字迹脱落，有的直接锈掉了一半——由于儿孙的无能，另一半已经无法续接，只能以半边面目示人。

你排开众人，来到牌位前燃了三炷香，郑重其事地说出老娘交代的秘密：“老一代人都传说，驯龙人死后，我们就有机会改回闵姓，大家合力破解这个秘密，干不干？”没有出现热血沸腾和众志成城的场面，人们大眼瞪小眼，好几个人在嘀咕：“姓贪有什么不好？姓闵有什么好？名字嘛，就是个说法，叫阿猫阿狗都一样。”又有人说：“只要在困龙湾，姓闵的都得死。这个诅咒有五百年了，咋可能破解？”

五百年前的血海深仇

气氛无比尴尬，正当此时，隔壁传来一个声音：“屁大个事，看把你们吓成了啥样子。”紧接着走出来一个须发皆白的老人。我自然不认识，其他人却惊叫起来，还有人吓得一屁股坐在了地上，嚷道：“九公，你不是哑了吗？咋会说话了呢？”

老人拍拍身上的灶灰，端起桌子上的浓茶狂饮了一通，似乎在清理这些年淤积在嗓子眼儿上的阿堵物。然后他拨开众人，理所当然地坐在了八仙桌的最上位，马上又感觉不太舒服，干脆蹲在了板凳上，叉开右手食指和中指，示意晚辈们给他来根烟。

“我不说话，是因为无话可说，听你们天天叽叽喳喳辞不达义，难受得要命。你们现在咋不敢说了？怕死？”

原来此人不姓贪，也不姓闵，更不姓汪，姓岳。岳家进入困龙湾不足三百年，岳九公曾经在“文化大革命”中跟着黄九公一起反抗红卫兵，后来变成了“哑巴”，直到现在重新开口说话。我实在没有想到，这片闭塞的山川竟然蕴藏着如此多的秘密，我像误入奥林匹斯山的农夫一样，被眼前不断出现的新鲜玩意儿吓得目瞪口呆。

“闵星澍死有余辜，不管无因寺的和尚们咋个怂恿他都不该去做驯龙人。无因寺的和尚们也是死有余辜，建那个小屋就是想测试生死之门是不是真的存在。结果都受到了惩罚，导致了困龙湾历史上第二场死人事件。”

和尚们垒起的简易石头房子，根本就是一场闹剧，只不过是想拖延时间，让女人的火气慢慢消解下去而已。两天后，闵星澍入土为安，大家都松了口气，以为从此风平浪静。大家没有想到的是，闵星澍老婆的火气一直没有消，反而越来越浓烈——女人心生愤怒，往往比男人凶险万倍。出现在人们视野中的她基本上都在闵星澍的坟地边磨剑。汪家人暗自提防，稍有风吹草动就拎着棒子冲出来，每每只是虚惊一场。女人的怒火，直到阴阳日才完全爆发出来。

困龙湾古老的传统中，阴阳日就是人死后第四十九天。人们普遍认为，死人的灵魂眷恋亲人，要在人间待够七七四十九天才肯彻底进入另外一个世界，至于以何种形式待够这四十九天人们是不会计较的，没有人会费心去想死人的灵魂该待在树上，还是该待在屋檐下。这四十九天里，丧家天天都要到坟头送饭菜，表示不离不弃。第四十九天叫阴阳日，也就是阴阳永隔的意思。这一天，亲属都要到坟地做一个庄严的告别仪式，过了这一天，死者将永远沉入无边的黑暗之中。

那天一大早，女人和儿子披麻戴孝来到无因寺。浓雾遮住了她手里的杀人利剑，她把儿子安顿在寺前那座石牌坊下，说：“儿子，你爹死得冤，咱们该不该报仇？”六岁的小屁孩咬牙切齿地说：“娘，一定要报仇，不能让爹白死了。”女人又说：“一会儿要流血，你怕不怕？”小屁孩回答说：“我不怕，蚺都吃我好几次了，我是死过的人了。”

于是，女人提着剑撬开了无因寺的山门，一路杀了进去，那可真是遇佛杀佛遇僧杀僧，七个和尚一个都没跑掉。最后，她揪住方丈的衣领把他拖到石牌坊下，可怜的方丈完全没有练到一心不乱的境界，没等到利剑触体就屎尿俱出吓死了，丢下一句话说，报应呀报应，闵家要改姓贪，要不然，生一个死一个。女人用老和尚的僧衣擦干了剑上的鲜血，背着儿子原路返回。回家后她对公爹说：“我报仇了，亲手杀死了所有和尚，他们从此不能再害人了。”闵星澍老爹的脸失去了血色，但漫天浓雾又让他迅速反应过来：“大雾天没有人知道是你杀的，我们打死都不说，这事就算过去了，查无实据。”女人惨淡地笑了笑，说世上哪有不透风的墙啊，汪家人又不是傻子。她处变不惊，没有忘记老和尚的诅咒，反复给公爹讲，直到他倒背如流。吃罢早饭，贪家人都到闵星澍坟前烧纸磕头，送他最后一程。仪式结束后，闵星澍老婆当众拔剑自刎。

鲜血飞溅的同时，提刀带棒的汪家人也赶到了。不容分说，两个家族的械斗就在坟前上演了，充满血仇基因的打斗拉开了汪闵两家长达五百年的纷争大幕。

打斗并不激烈，甚至没有死人，主要原因是闵家人口是汪家的两三倍，论武力汪家是万万斗不过的。而闵家又认为对方死了八个自己才死两个，占了大大的便宜，所以只是象征性地防御。最后，双方坐下来谈判，闵家继续租种汪家的土地，以前无因寺只允许姓汪的出家，现在，姓闵的也可以出家。

生存占了上风，利益维系着简单的平衡。谁也没料到，一个老道的出现，轻而易举地打破了这种脆弱的平衡，使仇恨死灰复燃，最终引发了更大规模的死亡。

那个时候，汪家财主是个很精瘦的老头儿，成天穿着半截裤子四处晃荡。他有两个儿子，汪金鹏和汪玉鹏。金鹏已经二十来岁，体格健硕且富有胆量，整个困龙湾没有他不敢揍的，包括他老爹。人们经常听到他对老汪咆哮说："你再敢多说一句老子就打死你"。老汪非正常死亡后，人们一度传说那是金鹏打死的。玉鹏只有七八岁，性格刚好与他哥相反，是大伙公认的孱头鬼，往往被小伙伴们喝令从家中偷食物出来。他从家里偷出来的整鸡整鸭，经常让佃户的孩子们在某个山坳里忙碌半天，然后半生不熟地吞下肚子。

闵星澍死后的第二年夏天，突然来了一个道士。讲不清楚从哪里来，衣衫破旧口齿不清，腰间挂个小铃铛，既不哼小曲儿，也不唱川剧，甚至连小孩子都能喊上两嗓子的喜乐歌也不会，只会默默地走到门前伸开双手。给红薯的，他摇头；给白米的，他便从背上取下布袋坦然接受，然后悄无声息地走开。过了几天，人们奇怪地发现道士并没有走，而是在鱼王山下找到一个山洞，在那里安营扎寨。此时的道士口齿伶俐，滔滔不绝地给大家讲原始天尊，讲《道德经》，讲成仙飞天。所以道士很快就收了几个徒弟，填补了和尚暂时缺位后留下的空白。

曾经，汪家人享受着独霸佛教的便利，此时也想独霸道教。道士并不买账，反而宣称汪老财会在十五天之内“驾鹤西去”。大家看着精神矍铄满地乱窜的汪老财，再看看信心满满趾高气扬的道士，一时间竟无所适从。然而第十天，汪老财真的就死了，而且是被太阳晒死的。那天中午，儿子跑去叫他吃饭。汪老财通常都会在大院外的那棵巨大的桑树下睡眠——他总会在午餐前小憩一会儿，这样有助于增加胃口。据说那是棵树精，有五百年历史了，它存在的时间越长就表明汪家做地主的时间越长，所以汪家人把这棵桑树看作保护神。但那一天，树神没有保护好老汪，儿子没得到父亲的回应就跑过去拉他的手，这才发现汪老财脆弱的皮肤被太阳晒得龟裂，轻轻一拉就像墙头哀老而残破的泥块一样往下掉……

汪老财的死再度刺激了困龙湾人敏感的神经。很显然，有人得罪了道士。刚刚接过家政大权的汪金鹏立即发动调查。查来查去，这事却出在闵家人身上。

原来，道士刚进困龙湾时，曾经到汪家讨东西。汪家大门位于院子正南，前有八道台阶，每道台阶都很高，需要手脚并用才爬得上去——汪家人自己从来不走这些台阶，都是走正西那道小门。初来乍到的道士并不知道还有便门，老老实实手脚并行地爬到大门口时，碰到正在生闷气的闵十七。闵十七正在替汪家那条“腿一撇一个丫头片子”的狗接生，就气咻咻地赶道士：“走走走，出家人嘛，哪里都能对付一顿，还光想要白米，走走走。”道士也没说啥，扭头就走了。

再一查，闵十七得罪道士的原因却出在汪金鹏在身上。

闵十七没别的毛病，就是爱打猎吃野味——他的舌头长得与众不同，味蕾特别突出，就是这些阴毒的味蕾把他钉在了吃货的耻辱柱上。他经常深更半夜往深山里跑，偏偏女人又是有名的骚婆娘，夜里一定要有人陪。这下好了，闵十七一门心思和各式各样的野兽斗智斗勇，就给了汪金鹏乘虚而入的机会。天长日久，总有穿帮的时候。有天晚上，闵十七什么也没打着，提前垂头丧气地回家，刚走到门口就听到屋子里的浪笑声，那是汪金鹏很放肆的声音和女人很放浪的声音混合体。闵十七心中恼火又不敢发作，只好蹑手蹑脚地远离自己的房子，溜到那棵千年老榕树上让蚊子叮了一夜，第二天清晨若无其事地回家吃红薯稀饭。

可是汪金鹏睡闵十七女人也不是无缘无故的。有一次，他小弟汪玉鹏把一条绿蜈蚣放在闵十七的衣服里，绿蜈蚣不会说话，也不会事先发警告，恰好那天闵十七喝了点酒，手伸进衣服里把这只虫子压痛了，绿蜈蚣回头就是一嘴。你可能以为解毒就行了，没啥大不了的。可是，困龙湾这种绿蜈蚣奇特之处就在于被咬了的人会失去生育能力。事实上，困龙湾古老的历史里，绿蜈蚣一直担当着绝育医生的角色。失去性功能的闵十七找到一个报复机会，把汪玉鹏往水里掼。汪金鹏一看仆人敢如此对待他弟弟，就趁闵十七出去打猎的时机把他婆娘睡了。只是他没有想到女人并不生气，反而高度配合并央求他以后再来。现在，问题来了，道士光临汪家大院的头天晚上，闵十七又发现汪金鹏和他婆娘搞在了一起……

事情闹到得罪神仙的地步，就得给神仙一个交代。人们想来想去，认为只有牺牲掉那个女人才是上上之选。于是，那个倾盆大雨的上午，一帮胡子比头发长而且饱食终日无所事事的老朽们在汪家吃茶开会，集体决定了这个浪荡女人的未来——将她沉入无量洞。

那场变故后不久，闵家迎来第一个新生儿。闵星澍老爹没有忘记媳妇临死前的交代，但那个诅咒太荒唐，以致没有人愿意相信。闵星澍老爹只好问计于新来的道长。道长装模作样地做了两天法术，宣称已经破解了诅咒。闵星澍老爹就欢欢喜喜地给这个新生命取名叫“闵成龙”。当晚，人们在洗剑湖旁边那块巨石上烹牛宰羊，载歌载舞，闵成龙站在一个关键的历史节点上，享受着绝无仅有的荣光。可惜的是，道士说错了，那个晚上，早早酣睡的闵成龙再也没有醒过来。到第二个孩子诞生时，闵家人依旧不信邪，给孩子取名“闵如龙”，而且请来了铸剑李的师公师叔们狂做降魔法术。还是在那块巨石上，还是在那一阵庆祝丰收的镰刀舞中，闵如龙还是以沉睡不醒的方式宣告了人们试图突破诅咒的失败。到第三个孩子诞生时，闵家人不再求教于道士和术士了，他们泪流满面地给孩子取了“贪”姓……从此，在此起彼伏的新陈代谢中，“贪”姓渐渐把“闵”姓挤出了困龙湾。

“这就是困龙湾历史上第二次大死亡。”岳九公郑重其事地说。

“哦？为啥是第二次，第一次呢？”

“大家只知道第一次大死亡发生在屠龙时代，护龙族与杀龙族血战，具体情节就不知晓了。”岳九公说。

“不是说一共两条龙吗？跑了一条，另外一条龙呢？”

第二条龙实际上就是贪百城的祖先驯服成功了的，等传到贪百城手中时，龙已经苍老得不行了。贪百城只骑了十年龙就死了，从此困龙湾再没有见过龙了。

在龙的帮助下，困龙湾发生了翻天覆地的变化。贪家财富迅速增长，人们设计了村庄、祠堂、私塾、染坊和墓地，每天像小蜜蜂一样匆忙，做着“诗书持家久、忠厚传万代”的美梦。有了龙的帮助，贪家人源源不断地走出这片闭塞的天地，有做高官的，有做富商的……同时，汪家却江河日下，慢慢失去土地，许多人反过来成了贪家的佃户。

云顶寨上

风停雨歇，丹增带头出了祠堂门。刚出门就碰到一群穿着简易隔离服的防疫人员，个个被塑料衣服包得像太空人，背着喷雾器走一路喷一路，药水刺鼻。简易公路两边排满了救护车、消毒车、消防车以及殡葬车。政府的行动非常迅速，村民有条不紊地行动着，看不出有丝毫茫然和慌乱。

路过五爷家门口时，我神情有些恍惚，感觉五爷一家仍然在堂屋里，仍然保持着昨晚那个姿态，小灰灰的叫声、五爷的烟袋、姆娘的桑叶菜还历历在目。我不相信他们此时正僵硬地躺在某个地方，试了几次要破门而入都被法器和尚阻止了。

真正触目惊心的是那几百级石阶上星罗棋布着的动物尸首。漫天的洪水不断把蛇、白脸獾、鹦鹉、麻雀、断尾猴等业已死去的动物从岩石后密林中冲刷出来，它们不断跳跃翻滚着，似乎有股神秘力量在高高的山顶上驱动着这支动物大军扑向我们。山路两边也有很多死动物，最多的是蛇，像千年古藤一样挂在林间树梢，看得人毛骨悚然。法器和丹增低头疾进，念着经文替动物超度，我们一帮俗人一边走，一边用棍子把动物们挑落山涧——反正眼不见心不烦。爬到半山腰回望整个困龙湾，发现已经有很多医用帐篷悄无声息地散落在各个角落。巨大的死亡面前，一向张狂的救护车显得如此自卑，喇叭不响顶灯不闪，只缓慢地在山水间穿梭。更多殡葬车辆源源不断开进来，他们把死人和死动物分开，死人拉到县上殡仪馆火化，动物只能就地焚烧。人们知道火葬可以杀死病毒避免传染，所以都默默承受着煎熬，希望这一次莫名其妙的死亡风潮早点过去。很显然，人们需要正常生活，哪怕是指桑骂槐的邻里不和也比这死气沉沉的日子要好过一百倍。

云顶寨下是老无因寺，钟声袅袅，和尚们正在念经祈祷。贪百城原来想让无因寺整体搬上云顶寨，但大多数和尚不同意，说云顶寨高坐云端之上，呼风饮露凡人享受不了。最后只有方丈带着五个老和尚去了新寺，首座带着十二个年轻和尚守在老寺。石板路越来越陡，搞得大家心烦意乱。贪九在后边推着你肥胖的身体说："爬哇，小时候想上去看哩，现在不想了？城里人真是娇贵，这点山路都走不动了？再说，寨子里有机关哩。"

任由他们如何巧舌如簧，我和你的腿就是不听使唤。最后，贪九弄来两副滑竿和四个壮汉把我俩抬上去。滑竿绝对是一种美妙的东西，两根三米长的"硬头篁"（竹子的一种）中间绑一副凉板躺椅就可以了，再简陋点绑条小板凳也行——当然不能是爱因斯坦做的小板凳，必须是老木匠做的。

云顶寨居然有门，仅容两人并排通过，居然有人站岗，主要任务仍然是防止小孩子混进去——从未改变，也无须改变。居然也有对联，左边写着“道生一生二生三生万物”，右边写着“佛是空是幻是灭是大千”，横批则是“忠孝两全”。左道右佛横批儒，巴掌大的云顶寨谁也不得罪。门后边是十米长的门洞，洞是山体的一部分，并非有意为之。有意为之的是洞壁两边的小坐像，一边是释迦牟尼、观世音、阿难、普贤、文殊等佛教名人，另一边是元始天尊、道德天尊、吕洞宾等道家名人。出洞后豁然开朗，迎面就是大雄宝殿，穿过大雄宝殿后是院子，陈列着各种佛造像。佛像质量差，四大天王四不像。东方持国天王拿着的不是琵琶，而是二胡，北方多闻天王手里的宝幡变成了青龙偃月刀。更要命的是，他们个个身上漆色斑斓，青一块紫一块，好像调皮捣蛋挨过打。佛像旁边的走廊上，圆寂了的方丈就横陈在那里，身下叠着三层木头。我吓了一跳，悄悄地问法器：“该不会就在这里点火吧？”贪九扯扯我的衣袖说：“这是规矩，逝者不落地，一会儿大家就把方丈抬下去，送进县城高烟囱。”

出了那道圆月拱门，迎来一个巨大的广场。广场正中有三层仿古建筑，那是整个云顶寨的制高点，名为摘星楼。每层建筑都有八角飞檐，挂着许多迎风作响的铃铛，正发出清脆悦耳的声音。我撇下他们，独自登上摘星楼的最高层。

现在，我算看清楚了。云顶寨本身是悬崖之上的一块平地，六七十亩地的样子。以摘星楼为中心，南边是无因寺，北边是玄都观，东边是文庙，西边是十几个小四合院和一排排混搭的平房。西边的房子就是养老院。贪百城规定，困龙湾年满八十岁的老人一律住进养老院，家属不用出一分钱和一分力，老人被轮流照顾，直到去世。刚开始，人们并不买贪百城的账，认为他故意要剥夺儿女的孝心，后来渐渐明白了贪百城的良苦用心：八十岁以上的老人，说得好听点是“失能老人”，说得不好听点就是“等死之人”，将他们从各家各户中剥离出来，实际上是减轻了儿女的负担，让年轻人把精力投入到生产中去，而不是被“孝顺”二字掏空了财富。

摘星楼下传来吵架声。法器冲两个下象棋的老头喊道：“咋个又吵起来了哟，老不死的，你们都吵了几十年了，还不烦啊。”

“你死了我们都不得死，信不？小秃驴。”两个老头子回敬。“算了吧，你们又不会超度，我必须死到你们后头，才好替你们超度亡灵。”法器笑呵呵地还嘴。我听出了话语中的调侃与熟络，也听出了僧俗之间的脉脉亲情。

拐角笛声悠扬，两位须发皆白的长者在唱川剧，笛声婉转，歌声高亢。听着听着不觉走了神，曲子不咋样，歌词却写得好呀，你听……

我的祖先发明了泡菜 / 一个坛子装满五湖四海 / 天地轮回

是非成败 / 怎比得雨疏风骤蓑衣自带……后边的越唱越小声，到后来成了四目含情脉脉相对，怎么听都觉得像情歌。

死去的超级富翁拥有一套小院，银杏树遮天蔽日，屋子却只有四间，一间卧室，一间厨房，两间侍从室，全是细泥红砖砌成的。每间面积都不大，二十平方米左右，高度却有点惊人——七米，有点像教堂。照顾无病无痛的老人十分省力，所以整个院子里没有半点衰败迹象，鲜花也在风雨无阻地开放。是的，蚊帐背后有好几排符号，像许多蚯蚓开会之后四散奔逃留下的痕迹。丹增扫了一眼后连推带搡地把我们赶出房门，反手锁了门，一个人待在屋子里破译，过了老半天才打开门，放我一个人进去。丹增说墙上是梵文，是个秘密。我说这关我毛事啊，我又看不懂梵文。丹增说："老人留下两个遗言，暂时只允许两个人知道，一个是看得懂梵文的我，另一个是你。"我跳了起来："他难道算准了我会来困龙湾？不可能吧。"丹增说没那么玄乎，百城老人只说了"一个外乡人"。

好吧，认了，我确实是外乡人。那么，第一个秘密是什么？丹增说先要找到"烂克儿"，因为百城老人和"烂克儿"有约定，他死后，"烂克儿"必须公开破解诅咒的方法，让贪家人恢复闵姓。我不由自主地冒冷汗，完全不敢相信保守了五百年的秘密会在我们面前打开。

第二个秘密呢？丹增翻起了白眼，说第二个秘密必须依赖第一个秘密的破译程度，现在还无法知道。

好吧，我俩手忙脚乱地把墙上的“鬼画符”抹掉，假装一无所获地出了房门，带领大家有气无力地来到椭圆形广场休息。那里设置了许多石头桌凳，有的桌子是围棋盘，有的桌子是象棋盘，还有的是五子棋盘。法器带头坐下来，很严重地叹气说最近真是倒霉透顶，一波未平一波又起，不给人半点喘息的机会。说罢摸着如初生春草般的短发，似哭非哭地望着我们，仿佛要从我们同样无助的眼神中找到答案。

贪九插了一句话：“你们发现没有，好像就道士这里没死人，不奇怪吗？”

这话立即引爆了大家的兴奋点。确实，玄都观里一共有六个道士，道长已经九十多岁了，八十岁以上的就有三个，都安然无恙。

毫无疑问，玄都观这个名字是偷来的。贪百城肯定深爱着“玄都观里桃千树，尽是刘郎去后栽”的诗句，那是刘禹锡的作品。那个玄都观远在长安，这个玄都观近在眼前。所有造像都在院子中间站成一排，共有十七个之多：三清、三皇、三官、八仙。青石雕成，通体两米高，可平视，可随意抚摸。比起无因寺里的造像来，这十七位仙人很清晰生动，但待遇不好，没有大殿供奉，常年饱受日晒雨淋，有的胳膊大腿上长满青苔，有的甚至缺胳膊断腿。现在，元和的师父师兄弟们正围绕这些石头疙瘩转圈圈，转一会儿停一会儿，停下来烧纸，烧完纸后继续转。元和的师傅清风道长像个胡人，头发和胡子杂乱无章地卷在脑袋上，老态龙钟，腿脚不灵，转半圈就得坐下来休息一会，似乎不服老，喘息甫定又继续转。徒儿们也不搀他，各转各的圈，各喊各的调，好不容易大家都转完七圈，才齐齐向我们作揖问候。

清风道长领着大家往正殿里走。正殿里空空如也，连元始天尊都没有，四根环抱粗的石柱子支撑着十来米高的殿堂，正中心地上有一块十平方米左右的多层蜀锦，上边绣着腾云驾雾的真武大帝。说实话，在建筑的式样与风格上，幺都观都远胜过无因寺，单中间这块价格不菲的蜀锦就能甩无因寺几条街。

清风道长蹒跚地走过去揭开蜀锦，下面是一层牛皮纸。揭开牛皮纸，一个巨大的脚印蹦了出来。这个脚印足足有一米长，浑然天成，看不出任何刀凿斧劈的痕迹。地面是花岗岩，谁有本事踩出这么大的脚印？

清风道长很淡定地说："你们可能永远想不到，这个脚印就是百城老人留下的，我亲眼所见。"

啊！人群里发出一阵哄叫，像老鼠群里跳进来一只猫。

原来，云顶寨修好之后，清风道长认为寨子又高又陡，下雨天更是难行，最最要命的是道士们上山下山都要经过和尚的地盘，所以他迟迟不肯答应百城老人。有一天，贪百城把清风道长约到大殿，吩咐其他人都出去后，两人就坐着聊天，天南地北古往今来都聊。聊到最后，贪百城说："我要给你显示一点神通，不然你不肯相信，此地原来是我练剑追仙的地方，是块宝地。”然后他指了指地面说：“我要在这坚硬的石头上留下一个脚印，你信吗？”

清风道长摸了摸地面，确信那是岩石的一部分，又逡巡四周，确信大殿里除了几只猴子和乌鸦外别无他人。道长坚定无比地说：“你要真有这个神力，我明天就搬上来，绝无二言。”

贪百城长身而起，缓缓抬起右脚，就像平常走路那样踩向地面，脚印就出现了。道长抹了抹蒙眬不堪的双眼，弯腰用手掌丈量着脚印的尺寸。“我感觉做了一个梦，好像脚印本来就在那里，百城老人只不过使了一个魔法，脚印就显现出来了……”回忆当年事儿，清风道长仍然像在梦中一般，不断摩挲着卷曲杂乱的胡须，一脸的不可思议。从那时起，清风道长就弄了一块蜀锦把脚印保护起来，绝不示人，生怕泄密后给老人带来无穷无尽的麻烦。

“今天给你们看这个秘密，一是因为百城老人已经走了，二是因为这可能是玄都观还没有死人的原因。”

贪不信多嘴问了一句：“大家都觉得这场死亡是百城老人诅咒的，他为什么要诅咒我们啊？”

清风道长毫不犹豫地说：“他觉得，五百年前，你们因为贪婪失去了本性。五百年以来，非但没有改过自新，反而变本加厉……”

原来，道长无数次与百城老人密谈，想了解他的真实想法。说实话，整个困龙湾或者说整个人类再没有比清风道长更盼望百城老人继续生活的人了。所为者何？因为成仙成道是道家的使命，而且只有道家才有“永生不死”的狂热，道家也有意无意地承担着寻找人类永生不死的历史重任。就像他们自己宣称的那样，现在没找到不等于以后找不到。“一百年前没有原子弹，现在不是照样有了原子弹吗？”在长生不老这个问题上，全人类的智商都不够用。所以，清风道长比谁都更清楚贪百城这个现实参照物的伟大意义，他活着就能证明道家所言非虚，就能证明陈抟老祖活了八百岁所言非虚，就能证明“寿比南山不老松”不是道家的狂想。

最后一次密谈在秋天，落叶堆满了整个云顶寨，清风道长就是踏着吱吱作响的银杏叶进入小院的。贪百城斜躺在竹板椅上，杉木小桌上放着一杯清茶、一碟花生和一只收音机。两只白猿蹲在竹板椅后边，正在帮对方清理皮毛中的杂草。

贪百城愤怒地指责贪忠贵，那时是生产队长。那年，五爷带人在困龙湾立了六根擎天柱广告牌，又劈开一处山石，在山石上刷了几句标语。不知道为什么，就是那些标语把贪百城激怒了，让这个饱经世事沧桑的老人对困龙湾彻底失去了信心。

说实话，道长说的话我连标点符号都不相信。至于那些广告牌不过是些应时的口号而已，山川远大，天地空阔，这点标语完全可以忽略不计。试想近百年之中国，大灾大难不计其数，闹义和团时他没有死，骑着龙在江里奔腾呼喊他没有死，“文化大革命”里文争武斗他没有死，反而被几根栽在家门口的铁柱子气死了……咋可能？

反正是死无对证的事儿，他愿意咋说就咋说。撒谎者多的是，多他一个无所谓。

道长呷了一口茶，从道袍里弄出一支粗大的雪茄烟来。似乎怕我抢，就用右手掌摁住粗大的烟筒在桌子上滚来滚去，然后示意我看烟筒子。奇怪，原来实心的雪茄居然变成了空心管，烟丝不知去向。我掰开道长的手心，又在桌子附近找了半天，没有找到一丝烟叶。我不太确定道长展示这手功夫意欲何为，只好瞪着他不说话。道长哈哈大笑说：“我本来想抽烟，怕毁了道家的清誉，只好这样安慰自己喽……”

又过了一会儿，刚才跟元和开玩笑的两个老人踱进屋来，沉闷地说：“其实，只有我们才知道真正原因，那就是他说出了死神的秘密，得罪了死神。”

我的心脏不争气地猛跳起来，显然，这就是生死之门的秘密。现在，它就在老人嘴边，马上就要滑落出来。我起身往门边挪了挪，以便听得更清楚看得更明白。事后想起来，正是这个细微的动作救了我一命。有位老人喝了一口茶，右手从左腋下搓出两颗泥丸，仰面盯着大殿上的横梁叹了一口气，说：“前年秋天，大家都喝了酒，都在讨论死神究竟藏在哪里，贪百城喝多了酒，狂妄地说死神藏在血液里，这个秘密大家都知道，但都不敢明说，只有他说出来了。所以，死神来报应他了。”

我掰着指头算了算，这已经是关于百城老人死亡的第八种说法了。

元和狠狠地骂了一句："废话。"

丹增若有所思地说："困龙湾的人闲着没事干啊，追查死神藏在哪里？"

有死神？没死神？……大家争得面红耳赤不可开交。

突然，一阵由远及近的轰隆声平息了所有争论，就像好莱坞大片里表现的那样，似乎有一条巨龙正从我们脚下的大地里咆哮而过，紧接着是震动、摇晃……房顶的雕梁画栋迅速坍塌，那个巨大的脚印最先露出狰狞面孔，变成一个怪兽的血盆大口吞噬着这里的一切，我紧紧抱住身边一根石柱子，努力抗争着血盆大口的吸引力，屋顶掉下来一块青石砸中我的右腿，剧痛之下，我万分恐惧地放开那根摇摇欲坠的石柱子……一个愿望在我脑海里反复挣扎：我不想死，我不能，我还有许多事情要做……

丢掉了一条腿

我在浑身酸痛中醒来，身上插满了管子。环顾四周，房间里充斥着灰白两色和各种稀奇古怪的设备和仪器，非常眼熟。我确信以前来过这里。可是，此时此刻，我应当躺在四川的某家医院啊，怎么可能来过？

进来的医生让我有异世重逢之感：他们个个头上都有肉辫子。肉辫子吓得我魂飞天外，它总是与洗脑密不可分……比起肉体上的痛苦，我绝对不允许别人动我的思想，那里有很多不能透露的秘密，细如毛发的一点都不行。此情此景，我就感觉自己像被无边无际的沙尘暴吓蒙了的小狗，忘记了狂吠和转身逃走。

我冰冷地说：“我不是精神病人，也没有癌症。”

在怪物医生眼里我也是个怪物，他冰冷地说：“你被地震砸得半死，想走哪儿？”我感觉右腿膝盖以下完全失去知觉，不由自主地哭出来，我的人生，我的相貌，我的后半辈子，缺了一条腿，要坐轮椅吗？要拄拐杖吗？怎么办啊……我想到了自杀，像日本鬼子那样剖腹。可是，死去元知万事空了，好死不如赖活着吧，有一条腿的活着毕竟是活着……

怪物医生并不在意我的痛苦，漫不经心地说："我们可以给你接上断腿，唯一的条件是换掉你的脑子。"

这些肉辫子医生究竟是何方神圣？三句话不离本行，动不动就要换掉思考器官？接断腿和脑子有什么必然联系吗？

肉辫子发出奇异的光芒，仿佛我已经成为他的囊中之物。他兴奋地分析："旧脑子使唤新腿有排异，一朝天子一朝臣嘛。"说到这里，他突然把一只镊子丢在我面前，弯腰时压低声音说："刚才是吓你的，你的腿只是受了点轻伤，赶紧想办法逃出去。要不然，他们会把你的所有器官摘下来清洗一遍。"

我忽然觉得这是恐怖电影里出现过的场景，满怀疑惑地盯着他，试图寻找撒谎或搞笑的蛛丝马迹，但他并不接触我的眼神，而是自顾自地在电脑上填表格。然后，他在我手臂上植入一块小芯片，示意我沿 A 门出去后直行五百米。我原以为是条专用通道，出门后才发现是一到九区的共用通道，首先路过第四区，大门有点像银行防盗的重金属门，沉重而密不透风，门上刻着一朵花，花中伸出一条肉辫子。我终于明白，肉辫子是这个世界的独特标志。因为旁边的门上都刻着这种花，幽蓝幽蓝地立在那里，散发出摄人心魄的能量。

刚到第六区门口，大门就缓缓从左到右打开，像迎接它久违的主人一样亲切自然。几分钟后，我又置身于几个长着肉辫子的医生当中。现在，他们撕下伪善的面具，恶狠狠地咆哮："你是愿意换脑子还是锯腿，自己选。"我心想这是什么逻辑？我犯了什么天条？于是我挣扎着从椅子上站起来，在充满仪器的屋子里狼突豕奔，像一头被困在笼子里的狮子，发出歇斯底里的吼叫。渐渐地，我感觉体内有一股细细的能量在聚集，它们似乎听从了某种强有力的号召，从全身各处的骨头缝里涌向我的胳膊，我的右手获得了一股洪荒之力。在这股力量的威逼下，那几个医生惊恐无比地退往墙角。尽管如此，我的突围努力还是失败了，无边的疼痛迅速包围了我。

一个声音说："躺着，千万不要动……"有人给我喂水，我咕噜咕噜喝了好多才艰难地睁开双眼。

第一眼看到的是高悬在头顶上的输液瓶。我的双腿被一堆青石压着，青石上横亘着无数木头和碎石块。旁边有几个医生，头上没有肉辫子，还有一堆村民和解放军战士。下肢的疼痛让我确信这不是梦。我终于想起来了：我们在玄都观大殿里观看大脚印时发生了地震……几天前，我在电视上看到被压在岩石下的灾民，现在，我也成了被压在石头下的灾民。

医生故意制造出轻松气氛，俯下身说："你还算幸运的，半个人都露在外边，还有好多人被埋在下面生死不明。地震把路切断了，大机器进不来，靠人力无法搬动压在你身上的石头。

为了保你的命，我们正打算截掉你的右腿，膝盖以下要跟你说再见啦。你在这里没有亲戚，所以谁也不能替你做主。现在你醒了，你要自己做主啦。”

我无力地看着他，顺便看了看四周，两米外躺着的似乎是元和，似乎还活着，因为旁边有人一直在鼓励他保持清醒。广场上还摆着二三十具遗体，用碎纸片、塑料布烂蓑衣盖着，多半是那些垂垂暮年的老人，刚才还相互打趣逗闹，现在安静了……

又一波余震汹涌而来，骑在我身上的废墟发出欢快的啸叫，有块高高在上的石头似乎看不惯我丑陋无比的脸，径直冲我头部砸了过来。幸亏旁边一个眼疾手快的解放军战士用铁锹挡了出去，然后，我看到几位解放军战士手挽着手在我面前的废墟上站成高低不平的一排，看样子，他们是想用血肉之躯替我阻挡随时可能崩塌的建筑。

医生再次提醒：“你看，余震不断，下一次，弄不好整个废墟都塌下来，失去一条腿划算还是丢掉一条命划算？”

好吧，我心一横……然后，困龙湾特有的药水发挥了作用。他们用一个微型喷雾剂轻轻一喷，创伤面立即就变成了陈旧伤的样子。但是，疼痛依旧，我昏厥了好多次……

我被送到了巨石坝，这里早已支起了一座座医用帐篷。刚进帐篷，朦胧中感觉元和也被抬了进来，放在我旁边的简易床上。他看起来比我要好，浑身上下一个零件都不缺，就是长睡不醒。

贪不信掀开门帘进来，居然毫发无伤。原来，地震发生时，他和贪九等人在广场上抽烟，侥幸躲过一劫。贪不信皱着眉头说："依我看，地震真邪门，实际上就震塌了三个地方，云顶寨震塌了，刻着标语的那个山头震塌了，六根擎天柱震塌了，老子的小二楼跟着倒了血霉。其余地方都是好好的，那些又破又旧的房子居然金枪不倒，你说怪不怪？现在，我哥、丹增、法器、元和的师傅师兄都埋在废墟下面，生死不明。"

"地震多长时间了？"元和突然悠悠醒来，神志不清地问。贪不信骂道："多长时间？地震能震多长时间？半分钟就要那么多人的命，还能震多长时间！"我纠正了他的误会。贪不信看了看手表说："有四个小时了吧。"

思绪落处，人声鼎沸，又抬进来一个人，头上包着厚厚的纱布，黄色僧衣，不用看脸就知道是法器。贪不信拔腿就往外跑。法器的出现，意味着原来被埋在废墟下的人有了音讯。他显然是急于想知道他哥哥的下落——我也是。

不幸的是，一个小时后，他无比沮丧地回来，玄都观大殿太宏伟了，倒塌的木石堆成了大山，没有大型工具，徒手是无能为力的，法器能被救出来，是因为他恰好困在两条横梁搭成的三角区域内……

夜幕降临，浓雾涌进帐篷。我感觉老天爷突然抽走了支撑我的一切力量，在大自然面前，平时上天入地嚣张无比的人类是多么卑微和渺小……我闭上双眼，无力地垂下了自以为是的头颅。

截肢后第四天，我当然还在床上躺着，忽冷忽热的人间绝地让人满怀恐惧，公路依旧未通，直升机一天到晚地盘旋，运来药品和食物，运走需要救命的重伤员。听说死者已经就地掩埋了，把原来的大坟场挖开，做了集体坟地。玄都观庞大的废墟仍然无法清理，埋在下边的人凶多吉少。

最要命的是，百城老人留在墙上的秘密需要丹增才能破解，而他却不知去向。

困龙湾的神奇药水非常管用。半个月后，失掉右腿的我被搀出了帐篷。这场“震古烁今”的地震带给我的巨大好处之一是，体重降到了梦寐以求的级别。站在体重计上的我久久不肯下来，我难以相信一条小腿居然重达二十公斤。我甚至想高声对那些尝试了各种减肥方法都不灵光的人们说，别听明星们在电视上胡咧咧，什么“一抹瘦”“吸脂机”全是骗人的玩意儿。

身后的帐篷轰然倒下，放眼望去，巨石坝上的所有帐篷都在倒下。医疗队要撤离了，得益于政府的高效救助和困龙湾自产的神奇药水，所有伤员都恢复得极快极好——除了躺进坟墓里的和像我一样截肢的。

截肢带来的问题是身体不平衡，靠左腿金鸡独立是不行的，站不了两秒就得摔倒。我还没有学会使用拐杖，想着下半辈子得拄着拐杖走路，我他娘的恨不得跳进洗剑湖一了百了，试了几次都没成功，原因是到处都是人，好像专防跳水自杀，我相信跳到半空中脚还没有沾水就会被抓回来。

我坐在一块巨大的磨刀石上，叹了一口气。贪不信拿了一根甘蔗过来，边嚼边劝，说你不要跳湖啊，会被大家笑话的。然后，他给我讲了一个关于跳湖自杀的并不好笑的笑话。主人公是“四太爷”，时间远在三十年前，内容是“四太爷”被贪不信的父亲气得假跳了几次湖，前几次都被人救了上来，最后，大约是大家厌烦了，大约是湖底石头松动了，大约是老人判断失误了……总之是老人被淹死了。

雨突然没头没脑地下，把洗剑湖砸痛了，鱼儿们跳了起来，“白雨跳珠乱入船”，可惜我不是苏东坡，洗剑湖也不是西湖，所以得麻烦贪不信背我进屋躲雨，离此最近的就是五爷家。五爷全家死光，地震之后被征作临时医院。此时，岳九公正坐在五爷的位置上抽水烟，竹管里发出“咕噜咕噜”的声响，犹如泡菜坛子里那种标志着成熟与美味的声音。

我从贪不信背上爬下来，屁股刚沾到凳子就听到远处的天崩地裂声，感觉塌了半座山。在广元的经验告诉我，这是地震震松了山体，大雨一浇极易形成山体滑坡。困龙湾的房屋大多依山而建，倘若鱼王山整体坍塌，强大的泥石流就会荡平一切。将死之悲让我失去了求生勇气——要是右腿健在，我早就飞奔出去了，何至于在此等死。

死亡并没有到来。急匆匆跳出门的贪不信又急匆匆跑回来，说祖坟地塌方了。岳九公庞大的身体直挺挺地覆盖在椅子上，我莫名其妙地就想起了“一树梨花压海棠”的故事。只不过，此情此景，海棠花变成了僵硬的木头椅子。贪不信比我更有经验，跑过去掐住“老梨花”的人中。很久，“老梨花”才幽幽醒来，紧闭双唇深呼吸了几分钟，指示贪不信迅速赶到通往墓地的小路上，阻止任何人接近墓地。

天色突然暗下来，乌云吞没了光线，把我们扔进了无边的黑暗之中。贪不信没问为什么，反而像得了圣旨般兴奋，抓起斗笠就冲进了雨幕。我怔怔地望着九公。他没有回答，慢条斯理地装了一锅烟，慢条斯理地点燃，再慢条斯理地把成分复杂的烟吸进肺里，然后，抹了一把老脸，像审犯人一样看了我一会儿，突然又好像想起了什么。

“哦，我得给你讲真话，你是写史书的人，要把我们这里的事儿写成书。”

看来，五爷赐予我的这个身份挺管用。

“墓地里有古怪，人们会看到贪百城，却看不到前几天埋的那些人，家属们会疯掉。”刚开始我没听懂，等我突然明白后惊叫起来：贪百城不是从黄金小屋消失了吗？怎么会在墓地里？

岳九公用烟斗指指我的断腿说幸亏你跳不起来，要不然你恐怕会蹦到鱼王山顶上去。

冷静了一会儿，我决定用写书人的身份骗取真相。可岳九公双手一摊，说事情一定是那样的，贪百城一定在墓地里，是“烂克儿”们搞的鬼。

我想起刚进困龙湾时，镇长村主任都让“烂克儿”搞点把戏以赚取旅游资源，可遭到了他们坚如磐石般的拒绝。难道，他们拒绝连唱带跳的小把戏，是为了做一个关于生死之门的大局?

岳九公找了根木棒给我当拐杖，说一会儿我们就去现场吧，贪不信是拦不住大伙儿的。接过木棒，我眼前一片模糊，感觉小灰灰还吊在屋子当中，那个被“神经错乱的龙驮过峡谷的女人”似乎正独自在里屋啜泣。头顶的炸雷一个接一个，似乎要劈开厚重的房顶，放进来一条急于避雨的龙。暴雨好不容易歇了，人们提着各种照明工具急惶惶地往墓地走。只有一条腿的我自然走得最慢，老远就听到哭声和愤怒的哭喊声。

岳九公没有撒谎，猩红的酸性土壤里，穿着寿衣寿鞋的贪百城清晰可见。闷热的地下生活让老人变了形，眼眶和嘴里明显有蛆虫在蠕动。站在他身边的人面面相觑，不知如何是好。包括贪不信、贪九等在内的一拨人则手持铁锹在泥堆中寻找其他人的遗体，脚下随处可见古老而恐怖的白骨。有人在跳，有人在叫，有人在痛哭……最后，每个人都宣告失败，贪不信把铁锹扔出老远，指天画地地骂：什么鬼地方，明明埋在这里的人却消失了，真是见鬼了。

巫师住在蛇毒湾

夜幕降临，阴风四起，我突然想起，丹增说第一个秘密是找“烂克儿”破解五百年前那个诅咒。我让贪不信把我送到“烂克儿”家里，他打死都不干。“蛇毒湾哦，那是汪家人的老地盘，鬼得很，太阳都照不进去，我不敢去。”

无名怒火冲上头顶，险些点燃头发。我不顾一切地骂道，死过几回了还怕什么诅咒？你哥生不见人死不见尸，你还怕死？过几分钟再来一次地震，你就能逃掉？贪不信蹲在地上委屈地说，那个诅咒控制了我们五百年，你是外来人，拈根灯草，说得轻巧，不知道其中厉害。

我骂道：“我去就是为了破解那个诅咒的，这是百城老人的安排。”

贪不信将信将疑地站起来，十分不情愿地背着我下坡拐弯儿。

听起来吓死人的蛇毒湾，不过是青衣江边一条幽暗的小沟罢了。“烂克儿”选择此地建房造屋，既能躲避众人审视，又能增加神秘感，还能自得其乐。屋子一字排开，把小沟堵得严严实实，颇有一夫当关万夫莫开之势。我后来才知道，蛇毒湾根本没有毒蛇，它是鬼市的若干个出口之一。万恶的“烂克儿”用毒蛇来做挡剑牌，无非是做着独享鬼市的千秋大梦。不过，老天爷也很公平，鬼市出口有形，入口却飘忽不定。即便是拥有神奇法术的“烂克儿”也完全不知道什么时间、什么地点，以什么方式才能进入鬼市。

我和贪不信进去时，屋里只有三个“烂克儿”，唯一的女巫不见了。三个“烂克儿”很下里巴人地在打麻将，吵得鸡飞狗跳。麻将是四川特产和特色，红白喜事一律上演，百无禁忌。堂屋正檐下，昏黄灯光照耀着“汪氏祖庭”的横匾，足以证明巫术是汪家的祖传绝技。

贪不信最终还是鼓起勇气迈进了大门，气喘吁吁地把我放到堂屋正中间的太师椅上说：“五爷的安排，知无不言，言无不尽哈，他是给我们写书的。”

“谁是我们？我们是谁？你们贪家？还是我们汪家？还是这里所有的人？”“烂克儿”里最老的发话了。

贪不信怔了怔，无奈地望着我。我把断腿下空荡荡的裤管挽起来打了个结，在太师椅上正了正身子说：“百城老人按约定死了，你们也该公开破解诅咒的方法了吧。”

满屋愕然。最老的那个“烂克儿”惊讶地望着我：“怎么是你？你又不姓贪。你怎么知道我们跟贪百城之间的秘密？”

我心想丹增已经死了，不妨假装神秘，吓唬吓唬他们，以便榨出更多的油水来。于是连哄带骗地说了许多摸不着头脑的话。

直到一泡水烟抽完，烟锅里发出呼噜噜的声响，最老的“烂克儿”才下定决心，吩咐贪不信去把包括岳九公在内的几个老人请来。没想到半个小时后，闻讯而来的村民挤满了屋子。五百年来的秘密就要真相大白，天下有几人能扛住如此巨大的诱惑？

我给岳九公腾出了位置。现在，他是困龙湾胡子最长的人，应居高位，贪九给我搬了个罗圈椅，紧靠在九公身后。我背后的墙上，鳞次栉比地排列着许多蟒皮和猪皮，那是猪皮崽的专用物品。贪不信挨个给大家发矿泉水，又叮嘱几个女人去煮夜宵。

最高寿的“烂克儿”叫汪天九，也不知是酒、久还是玖，反正这个七十多岁的老头，已经有点儿老年痴呆，随便哪个酒都行。坐第二把交椅的是“地”字辈，汪云地，辈分却在最后一个字。老三叫汪小交，就是那个消逝了的女巫。最小的一个是“泰”字辈，汪泰远。这四个辈分连起来就是“天地交泰”，似乎来自《易经》。

汪天九的外号叫“麦田”。七十多年前的一个麦黄季节，人们在麦地里发现了他。困龙湾不大，但始终没找到他的生母。

大约是麦田所生吧，大约是天赋禀异吧，大约是麦神后代吧，反正汪天九对麦香有一种奇怪的本能，他能听懂麦苗对话。他成为“烂克儿”后，困龙湾种麦和收麦的时间完全由他决定，错一天都不行。秋雨飘飞暗无天日，只有他才能抓住最佳播种时机。春风浩荡杨花满天，只有他才能嗅到刈麦的最佳时机。据说，他最大的爱好就是躺在麦田里和麦苗们说话，以及听麦苗们叽叽喳喳聊天。

汪天九对岳九公说：“老伙计，现在就数你胡子最长了，我们想先起个誓，不论以前做了什么，大家都一笔勾销，不准找后账，行不行？”

岳九公不敢应承，扭头问贪忠明：“这关系到你们两家的事儿，我是局外人，你看咋办？”

贪忠明胆小怕事，哪里敢应承，可是大家掰着指头算来算去，贪忠明要是不做主的话，贪家可就无人敢做主了。于是，大家面面相觑，就像明知道和尚头上摆着一只晒太阳的跳蚤，都不敢伸手去拍。苦思间，却见汪天九一拍桌子，豪气干云地说：“不管结局如何，该来的还是会来。”

接下来，那个五百年前的诅咒和相关的谜团就在我们面前次第打开。

驯龙，其实是汪家布下的局。相传，汪家是龙的守护人。汪天九说：“其实，闵家人要是足够聪明的话，都能猜出汪家和龙的关系。汪字拆开就是水中之王，汪家原来也不姓汪，只是为了护龙才改姓，就是要子孙后代牢记护龙使命。”闵家人鬼使神差地闯入这一片山河之后，汪家人时时刻刻都在想办法消灭他们，以保护龙的秘密。然而很多年过去了，他们并没有找到切实可行的办法，眼看闵家人繁殖速度越来越快，汪家人急了，这才设下了驯龙圈套。“圈套是显而易见的，闵家人但凡聪明点都能看得出来，就是太贪心，所以就上当了。”

“那个诅咒是怎么回事呢？”贪九问。

汪天九诡秘地笑了笑，不屑于回答，但他接下来说的一句话却把大家镇住了：“其实，贪百城造黄金小屋并不是想找生死之门，而是想破解诅咒。”

我看了看坐在门槛上清理稀泥的贪不信，想起了他在祖坟地里的抓狂。坦率地讲，此时此刻，我也想歇斯底里地狂吼，去你的吧，这是什么鬼地方，老子两条腿进来剩下一条腿，还要听这么多毫无逻辑颠三倒四的故事……

汪家设的驯龙赌局坑了闵家，也坑了汪家。实际上，汪家人奉命守护龙的秘密，其实自己也不知道龙有啥秘密，直到驯龙事件发生后才隐隐感觉不对。捉了两条龙后，洗剑湖里再无动静，真相只可能有两个：要么只有两条龙，都被英勇的困龙湾人一网打尽了；要么其他龙发觉危险后永远逃离了此地。无论如何，汪家都没尽职尽责，注定会遭天谴。护龙人命运如此，驯龙人也好不到哪里去。回望过去五百年，从闵家闯入困龙湾那一刻起，汪闵两家的冲突就开始了。从闵星澍女人举起屠刀那一刻起，汪闵两家的恩怨就上升到了世仇。五百年来，这种仇恨一直盘踞在两姓人的血液里，碰到点火星就能演变成血光之灾。

“究竟怎样才能破解诅咒，改回本姓啊。”贪家人嚷道。“百城老人为什么会出现在墓地里？他不是从黄金小屋里飞走了吗？”

汪天九说，玄都观大脚印下有条暗道，通往山下。安葬贪百城的前一天晚上，“烂克儿”从这个暗道里把贪百城转移到了祖坟地。然后，女巫化装成贪百城，第二天被抬进黄金小屋。大家看到的是三个“烂克儿”抬着“贪百城”进入黄金小屋，其实是四个“烂克儿”进入小屋。进去后，女巫翻身穿上事先准备好的“烂克儿”衣服，混在人群中出了黄金小屋。人们都被贪百城遗体凭空消失的怪象吸引了，谁也没有注意到三个“烂克儿”进去四个“烂克儿”出来的细微变化。

“原来并没有什么生死之门啊！”有人叹了口气。

汪天九吞吞吐吐地说：“可能有吧，可能没有吧，反正我们没碰到。贪百城建黄金小屋的目的只有一个，就是要破解汪家的诅咒，恢复闵姓。”

一道闪电划过，我看到众人苍白的脸。

好一会儿，有人才肯出声：“‘烂克儿’究竟是真是假呢？”

汪天九似乎有些困了，说：“你说真时其实假，你说假时其实真，真真假假没必要分清。比如，我数到七时就会有一道闪电，你们信不信？”话音落下，他并不急于开始，而是停了一会儿才数：一二三四五六七。“七”刚出口，一道闪电划过，我看到了众人更加苍白的脸。

然后，每个人都听到屋檐下一滴水轻轻碰触青石板的声音，只有一滴。包括我在内的大伙儿都明白，这是“烂克儿”在显示神通。

让闵家改姓的诅咒，其实是个阴谋，没有破解的阴谋最终变成了诅咒。

早在一千多年前，汪家就会配制一种叫断肠水的毒药，无色无味儿，沾唇即死。汪家人用这种药水毒死闵家两个婴儿后，闵家人选择了屈服，从此改姓贪。后来，尽管贪家人也从无因寺中获得了断肠水的配方，但汪家人死守着毒杀婴儿的秘密，贪家人根本不知道那两个可怜的孩子并非死于诅咒，而是死于谋杀。换言之，汪家那句诅咒把对手恐吓了整整五百年。在这五百年里，只要有一个贪家人敢于挑战诅咒，就有可能识破汪家的鬼把戏。可惜的是，五百年来，断子绝孙的阴影始终盘旋在贪家人头顶，无人敢去碰触这根似有实无的高压线。

“就这么简单？五百年哦。”有人说。还有人说：“老七的孙子要生了，敢不敢姓闵？”那个叫老七的吼道：“不干，老子才不去冒这个险，万一‘烂克儿’整人呢？汪家一直是我们的死对头。”

汪泰远伸出手，把桌子上的麻将拨乱，有板有眼地说，你看你看，真话你们不信，骗人的话你们相信了五百年，还要继续相信，我们有什么办法呢？

我也持怀疑态度，问："现在真的可以改回姓闵了？不会死人了？"

汪天九说："五百年前的婴儿是'烂克儿'想办法毒死的，做得隐秘，大家误以为是诅咒死的。现在，断肠水的秘密你们也知道了，而且我们不敢再毒死婴儿了——警察要破案，要遭砍脑壳，哪个敢哦。从明天起，改姓闵，没有问题……"

大部分人都如释重负地嘘了一口气。只有贪不信吼道："你们在说谎。"

三个"烂克儿"集体哆嗦了一下，汪天九故作镇定地问："凭什么这样说？"

贪不信说："你们把汪小交抬进去后，她就根本没出来。要是出来了，在哪里？"

贪不信天生诡眼，没有人质疑他的判断。汪天九窘态百出，双手神经质地敲打着桌面，先是鼻尖出汗，慢慢地双鬓都有汗珠滚落。倒是最年轻的汪泰远首先露出原形，不管不顾地号啕大哭："我就说不要那样嘛，你们非要那样，三妈不见了，上哪里去找吗？"他一哭，汪天九和汪云地也忍不住哭了起来。

"三妈"就是女巫汪小交。

很久很久，汪天九才抹干眼泪说："我们也是贪心遭的孽。本来，百城老人让我们把他抬进去，他通过生死之门走了之后，黄金小屋会暗示下一次生死之门的秘密。但好不容易盼到一次，鬼知道下一次是啥时候啊，所以我们假装答应交换条件，暗中却用小交代替他，没想到是这个结果。”

“你们本来是想四个人一起消失？”贪不信问。

“是的。”汪天九沮丧地承认。汪云地接着说：“本来，百城老人让我们参透黄金小屋的暗示，下一次再使用生死之门。可我们……”

我想起了百城老人留在墙上的那段话。其实，百城老人早就料到“烂克儿”不会老老实实地把他抬进去，但那并不重要，因为谁也不知道生死之门背后究竟是啥。他甘愿用死和秘传了两千多年的生死之门与“烂克儿”做交易，目的就是为了换取诅咒的秘密。因为他知道，只有让“烂克儿”目睹了生死之门的神奇，他们才愿意做这个交易。

“大石花开”四个字突然蹦进脑门。这是我在黄金小屋的发现，当时不知何意。现在想来，四个字难道对应着四个人？“烂克儿”不刚好四个人么。如果真是这样，“烂克儿”真是哑巴吃黄连有苦向谁说？

我心里掠过一丝快感。很显然，“烂克儿”赔了夫人又折兵，偷换了遗嘱却失去了一个亲密同伴。

忽然有人叫道：“诅咒这么简单，你们还把百城老人逼死了，真不是东西。”几个贪家人撸起袖子要砸家具，其他人赶紧拦住。汪天九摇摇头，郑重其事地做了一个“指天画地”的姿势——那是“烂克儿”们最隆重的诅咒仪式。愚蠢的贪家人选择了相信，众人一哄而散，纷纷离开小院各自还家。

我却不相信汪天九的鬼把戏，坚信这不是全部秘密。

大家都走光了，我才慢慢起身，这是残疾人的好处之一：必须学会与世无争。好处之二是，我刚刚起身，贪不信领着煮夜宵的妇女进了门。妈呀，这哪是什么夜宵啊，分明是豪华大餐么，凉拌鹅肉、清蒸松鼠鱼、麻辣豆腐、毛血旺、粉蒸肉、排骨海带汤……

吃着吃着，年龄最小的“烂克儿”汪泰远突然号啕大哭：“三妈不见了，三妈一辈子受苦受难，你们要帮我找回三妈。”

一直弓着背喝汤的岳九公突然挺直了腰，嘴里还衔着半截海带。

黄九公之死

旧社会的时候，汪小交九岁，没有获得一丝上学机会，只是跟着扫盲班认识了自己的名字，但这并不妨碍她有效地识别死人和活人。因为从那年起，她认识了许多死人，比如大叔和二舅。大叔才四十岁，人高马大，饭量出众，家里的清汤寡水根本填不饱那沟壑般的肠胃。穷则思变，几经周折，大叔找到吃水河芋的办法。青衣江两岸长满了水河芋，无人敢吃，因为毒性很大。大叔智力超群，固执地认为万物相生相克，一定能找到解毒妙方。他不分昼夜地试验，居然成功了。水河芋、鱼腥草、白头龟一起煮，能非常爽利地去掉毒性。这位前辈不敢把秘方告诉包括家人在内的任何人，他必须独享。水河芋看起来郁郁葱葱不可一世，一旦作为保护盾甲的毒性被人破解，脚指头都想得出来结果是什么。

当众挖水河芋自然会引发怀疑。许多次，大叔就把一众小孩子带上，谎称带他们去河里洗脚洗澡。孩子们有气无力地洗脚的同时，他就把水河芋抠出来洗净，放在背篓里，然后再想办法找其他两样东西。这位前辈有六个孩子，就是六个无底洞。有一天下午，汪小交跟着大叔去青衣江边以洗脚之名行挖河芋之实。她们把脚丫子伸进河里玩水，大叔在粗大的荷叶下面抠芋头，抠了四个芋头后有点儿累，只得停下来喘粗气儿。汪小交说大叔你是不是累了呀，累了我们就回家吧。曾经壮实如牛的中年人苦笑着说，太少了，今晚吃不饱，明天家里就会死人。你们没听说啊，杨家大娘昨晚就饿死了。汪小交吓得不敢说话，看着他又下了水，又抠了几个。正当他想长身而起爬上岸时，突然袭来一股汹涌的江水，他虚弱得无法与水流抗衡，短暂的挣扎后仰面朝天顺水而去。

汪小交外婆住在天龙寺。有一天，这个小脚老太太做了个梦，说汪小交的妈饿死后无人收埋，被野狗啃光了肉，只剩下骨头架子在那里哭泣。她马上命令儿子翻山越岭来看她的宝贝女儿，给儿子下达了如下命令：如果你姐快要饿死了，就守在那里把她埋葬；如果已经死了就在坟上箍一层石板，不能让野狗刨了。汪小交的二舅就这样走着“之”字形步伐来到困龙湾。天可怜见，汪小交的妈暂时还活着，反倒是这位舅舅快要饿死了。这下好了，原本就吃不饱的家庭就更加饥饿了。汪小交的妈对弟弟说你快回去吧，再待着我真的就饿死了。于是二舅只好打道回府，走着走着就掉进了江里。

比起这两个本无意绝世的人来，汪小交的三妹却是主动离开人世的。

那个浓雾弥漫的冬日是汪小交三妹的生日。一大早，三妹就对汪小交说："大姐，你说我今天过生日，能吃个饱饭吗？"汪小交果断地摇头说："天天都饿死人，爹娘也没有本事，上哪儿去给你弄饱饭啊，你就不要想精想怪了。"二哥说："对门大房子昨晚又饿死一个，早晨拖出去埋了，吃啥饱饭哦，做梦。"四妹说："我觉得死了也挺好，死了不会感觉到饿。饿得人真难受，没有一点力气，见啥东西都想吃。"汪小交说要死也不能让爹娘看到，二哥说去洗剑湖吧，很多人被无量洞吸走了，谁也不知道吸到哪里去了。三妹想得比较全面，说要悄悄去死，给爹娘留下一个谜，让他们以为我暂时走哪里去了，以后还会回来。汪小交后来说："三妹长得很好看，眼睛大大的，身材也苗条，长大绝对是个美人儿哩。"

比死更令人伤心的是，千奇百怪却骇人听闻的死法。

比如岳二爷——岳九公的侄子，是在期盼中死去的。有天晚上，整个困龙湾都被擂得山响的打门声惊醒，一个妇女高喊着："保长保长，要一碗粉，岳老二不行了，要吃碗稀糊糊。"保长隔着门呵斥："没有没有，哪个跟你说我家里有面粉喔？没有没有，要死的人吃啥都没有用。"岳二娘不甘心，边打门边骂："大家都知道你家里有面粉，半碗面粉能救一条命哩，你给不给，不给老子就把门板打烂。"保长一看躲不过，只得用小碗盛了半碗面粉，贼似的抽开门闩左右看了看，飞快地倒进岳二娘的手心里。保长其实不知道黑暗中有许多眼睛都盯着他，等保长家大门一关，邻居们立即涌到岳二娘家里，手忙脚乱地生火烧水下面粉，很快就做出了一碗稀糊糊。闻到面香，床上的岳二爷果然神清气爽地喊了声："这下好了。"他坐起来，用颤抖的双手捧起滚烫的陶扁碗，喉结急速地跳动，旁边的人都露出羡慕的眼神。岳二娘长舒了一口气说："感谢保长这碗粉哩，要不然我们家就完了，娘才死几天，要是再死一个我还咋活。"话音未落，却见男人的动作已经僵硬：他依然捧着那只碗，只是没有任何动作，就像被神仙下了定身法。大家叹了一口气，岳二娘哭了几声不哭了："他死还能看一眼粉，我死时怕没得这么有福气。"

…………

困龙湾和天龙寺之间有道山梁，梁上有一个巨大的蓄水池，是采挖青石后形成的水坑，一年四季都蓄满水，洗衣洗脚洗澡都可以。池坑里经常有水蛇和青蛙出没，淤泥里自然也有泥鳅黄鳝，经常有人光顾水坑找野味儿。有天晚上，贪不信的四太爷觉得可以到池子里找点青蛙充饥，就摸摸索索地往山上走。他人老体轻走路无声，快到池边时还没有惊动事后证明是隐形杀手的杨老五夫妻，倒是四太爷首先发现了他们。他们身边有锅有柴，似乎准备煮什么。老奸巨猾的四太爷藏在石头后，想着等他们煮熟了再过去，连唬带吓地分一杯羹……天底下居然有这等好事儿？老东西满嘴跑口水，肚子也在狂呼乱叫，但接下来的场景却吓得他魂飞魄散。

杨老五两口子先在泥地上挖出一个大坑，坑沿上砌了一圈石头，石头上架一口小锅。如此不嫌麻烦是为了遮住火光。四太爷老眼昏花，看不清楚锅里那片白蜡蜡的东西，只得坐在石头后边耐心等候。差不多两个小时后，杨老五两口子才从锅里捞东西出来吃。四太爷按捺住狂跳的心，威风凛凛地杀到锅边，气势汹汹地说：“好哇，偷肉吃，送大队去法办。老实交代，哪来的肉？”

杨老五夫妇并不害怕，慢慢放下手中的骨头说：“我们在吃肉，关你啥子事情，又没偷别人的肉。”

四太爷以为两口子在狡辩，等他看清楚女人手里拿着的竟然是……时，当时就吓软在地上：“你们吃人！你们在吃人！”四太爷哪里见过这种场景，大喊一声飞奔而去。风烛残年的老人逢坎跳坎逢崖跳崖，跑回家时已然丢了三魂七魄。

第二天，保长带人清理了“犯罪现场”，然后商量要不要报乡公所。有的说他们没有偷吃公家的肉，不能算犯罪啊。有的说吃人肉太残忍，应当坚决镇压，不然别人会跟着学。有的就开骂说你妈的你去学啊，天天有新坟，你刨个死人回家煮了吃，敢吗？吵来吵去，最后达成一致意见：不报了，让天老爷去惩罚这种没有人性的东西吧。

天老爷还没来得及惩罚杨家夫妇，四太爷首先受不了良心谴责跳水自杀。杨家夫妇最终也受到了惩罚。首先是女人发了疯，老说儿子在胃里翻腾，没几天就掉进水里淹死了。男人也总觉得脑子里有什么东西，天天以手锤头。人们不再叫他杨老五，叫他杨傻二。杨傻二特别喜欢丧事，能准时出现在丧宴上，但从不跟人同桌，丧家把饭碗放地上就行。他吃饱了会笑嘻嘻地伸手要烟。有人趁机要挟他："杨傻二，人肉究竟是啥子味道，酸的？"他并不回答，接过烟后偏着头跟人对火。人们故意左躲右闪逼他说真话，但他都绝不承认："老子没吃过人肉，人咋个能吃人肉呢？老子吃的猪肉。"如果还有人继续追问："把娃儿煮来吃了，遭报应了吧。"他就会一反唯唯诺诺的常态，变成金刚怒目，奋勇地追打说话的人，直到气喘吁吁跌倒在地。只要他出现，这样的场景就一定会上演。故事的结尾，大家总能看到杨傻二踢踏着破胶鞋逶迤而去。有人说他其实没有疯，只是在强大的道德压力和深如太平洋般的自责面前无法自拔。他在那个饥饿夜晚犯下的食子大错，终其一生也无法弥补。

十多年后，困龙湾又发生了一场饥饿，拯救这场饥饿的是黄九公。

黄九公是贪不信外公的族兄，自小在峨眉山学武，抗战时期下山组织了一支烂杆队伍出川打鬼子。抗战胜利后，带着几个徒弟在各地跑江湖，身体健壮胆子肥大。国家渐渐稳定后取消了江湖杂耍，他也就回到困龙湾，分到了田地。到了成立农业社时，他一个人死扛着不入社，大队书记劝他说："你犟个啥嘛，大家都入社了你不入社，你看他们吃得多好，顿顿吃干饭。”九公回应说：“我流自己的汗，自己的事情自己干，再说了，那么多人入社，不缺我一个。”大队书记说：“话虽这样说，大家都入社了你不入社，传出去别人会认为是我工作没做好。”九公把眼睛一瞪：“毛主席都说了入社自愿，你这是要强迫我哇。”书记一听毛主席就熊了，不敢再劝。后来，入了社的人把土地和自留地都交回了农业社，不入社就无地可种，九公只好乖乖入了社。

困龙湾吃不饱饭的现状把九公惹恼了，直觉告诉他这是伙食团惹的祸。九公先来到队长家，把铜铃般的双眼一瞪，让队长把自留地还给村民。队长坐在旁边赔笑脸，说您老人家走江湖见过世面的，这事儿得找大队书记。大雨倾盆，九公把队长扔到坝子里，队长尖叫着跳回屋。九公没等他站稳故伎重演，如是者三。队长终于扛不住了，扑通一声跪地求饶，“我也是被人当枪使的呀，我家三娃前几天也饿死了啊。”九公说：“我是想让你清醒点儿，想点办法救救乡亲，积点阴德。”队长挖空心思想了好久说：“还自留地的事，大队书记同意了就能干。”

第二天，九公和队长一起去找大队书记。大队书记是个赤脚医生，那几年死人多病人少，国家免费配的那几种药根本治不了饥饿病，大队书记除了去公社听报告和到生产队传达报告外基本无事可做。九公到达时，大队书记正在此起彼伏的喊杀声中下象棋。大队书记比生产队长更精瘦，而且还很不合时宜地像读书人一样戴副眼镜。九公毫不费事地把他从人堆中拎了出来，重重地摔在地上，当着几十个人的面说："把自留地还给我们，要是不答应，随时要你的小命。"

大队书记大约被大家打骂惯了，没哭没闹没觉得意外，索性坐在地上不起来，头夹在双腿间，双手抱膝，一言不发。

大队会计看不过去了，拿根棒子冲了过来，指着九公骂："干部就是面坨坨？你想咋整就咋整？信不信老子叫民兵来把你捆了，搞你一个现行反革命？"

九公的武功真不是吹的，大伙没见他动手，会计就轰然倒下。九公很不屑地把那根棒子扔出老远，砸得那条看热闹的花狗尖叫一声跑进树林里痛哭去了。然后，他心平气和地对大队干部说："我们都是有了今天没明天的人，我也不怕背着造反的名头，话说回来，造反大不了枪毙，现在这个样子也是死，饿死还不如吃颗花生米（子弹）来得痛快。所以横竖我是不怕的，我是来给众乡亲讨活路的，把自留地还给我们，就是一条活路，也算你们积点阴德。"

大队书记的疼痛还没有完全缓解，哭丧着脸看了看并肩坐着的会计，对九公说："你凭啥说把自留地还给你，就不饿了？"

九公说："高寺大队自留地就没有收。当官不为民做主不如回家卖红薯，老子今天不是来求你的，你要是不同意，老子马上扭断你的颈子，说到办到。"

九公的话咬牙切齿掷地有声，镇住了所有人。此时，书记和会计的妻儿老小跑了过来，抱头哭作一团。会计的老娘说：“九爷，你是英雄好汉懂规矩的，政策不是他们定的，不关他们的事哈。”

九公不为所动，死盯着书记和会计，阴森的目光中透着杀气。

突然，大队书记站起来吼叫道：“都别叫喊了。九爷说的这个事儿我也考虑过，就是没有勇气干。现在九爷提出来，老子也当一回英雄好汉，从明天开始，各生产队把自留地还给大家。当初中央确实没有让收自留地，是我为了争表现把地收了的，大家挨饿我有责任……”说着说着，他泪流满面号啕大哭。他带头一哭，人们憋了好几年的泪水再也控制不住，原来充满血腥的逼宫场面变成了一场金圣叹式的集体痛哭。

事实证明，大队书记的眼镜不是白戴的，因为他悄悄告诉手下的十个队长，把自留地双倍返还给各家各户。此后，困龙湾的死人数量开始下降，到了一九六三年夏天基本上没有再出现挨饿的现象。

谁也没想到，在这个充满希望的时刻，对困龙湾有再生之德的黄九公，生命却进入了倒计时。

一年后，一个工作组坐着橡皮艇从飞仙关漂进困龙湾，大队书记说：“他们是来搞四清的，从肤顺县过来的。”大伙儿很不明白，一个个尖着嗓子问：“四清是啥子？”

女组长留着一头短发，自称唐红英，真名叫唐棠，变成伟大领袖的忠实信徒后才改的名字，那个年代都这样。她嗓门奇大："就是搞社会主义教育，清工分、清账目、清仓库、清财物。"整个困龙湾都笑了，家家户户晚上睡觉都不用关门，哪有什么财物，还好意思劳诸位大驾来清查。

第二天，大队书记和生产队长都被停职了，女组长俨然以大队书记自居，其他几个人则夺取了会计和生产队长的位置。然而，没过几天，他们就尝到了困龙湾的厉害：有两人挨了黑砖，一人脚掌都被扎穿，女组长在破茅坑里上厕所时被一块石头击中了屁股。

半个月后，工作组要回去交差了。其实真的没啥可查。清仓库？打开仓库门一览无遗；清财务？公家就没有几根稻草，哪来什么财务，只留下几屁股烂账；清账目和清工分挺有成就感，却是一笔糊涂账，清和不清没啥两样。

临走之前，唐红英决定消灭黄九公这个老顽固。突破点就是"田鼠行动"。

"田鼠行动"其实是集体外出偷粮食。哪块地里的庄稼接近成熟就偷哪块。工作组发现这个秘密后也开过几次批斗大会，可是不管用。唐红英说："人人都是贼，哪像共产主义？"村民们回怼说："大家都饿死了，谁来搞共产主义？"

抓，抓不着。村民们比工作组更熟悉地形，何况还有天上飞的地上跑的水里游的动物通风报信，工作组完全陷入了"人民战争的汪洋大海里"。玩过几次猫捉老鼠的游戏后，唐红英决定改变策略。“有本事吃了不要拉，老子总能在茅坑里找到铁证。”

如她所料，黄九公家的粪坑里漂着嫩胡豆皮。

“黄九公，你是纠察队长，带头偷胡豆？”这下，该唐红英理直气壮了。

“为了活下去。”九公说。

“活个屁，偷集体的粮食还有理了？”

“种粮食我也出了力的，有啥不对？那么我问你，你们凭什么跑到这儿来吃粮食，我们凭什么还要省出来给你们吃？”

唐红英脖子都涨红了，使出泼妇骂街的本事说：“老子也不愿意来，是上头命令我们来的，你以为我们愿意到你这个屙屎不生蛆的地方来吗？像你这种无组织无思想觉悟的人，老子多见一个少活十年，你自己说吧，现在清查出来你有问题，咋处理？”

九公说：“那就开批斗会吧，斗我呗。反正我脸皮厚，不怕斗。”唐红英说：“好吧，不批一下斗一下，你们的资本主义尾巴会越长越长，红色江山就会变色。”

第二天一大早，九公就被押到了巨石坝，胸前按例挂了块“地富反坏”的纸牌。大伙发现是斗黄九公后“嘘”了一声扭头就走。因为他们太熟悉这个老人了，无论是在峨眉山，还是组织乡民出川打日本，都是一个传奇人物，有讲不完的故事。把他说成“地富反坏”，青衣江里的白头龟都不会同意。这一点，老肖家的儿媳妇最有体会。

老肖儿媳妇进家门的唯一条件是“结婚另过”，生了儿子后变本加厉，绝不准老两口踏进家门来观望。要依现在的观点，老两口也是现世报应，生儿育女观不正确，会生不会养。然而说归说，现实却是，老两口全副精神都寄托在儿孙身上，见不到近在咫尺的孙子就像魂丢了一样，成天哭哭啼啼以泪洗面。这事很快就传到了黄九公耳朵里。有一天下大雨，九公就慢慢踱到老肖家，拉着老两口去见孙子。

儿媳抱着娃娃冲了出来，凶神恶煞地吼道：“跟你们说了不准到我这里来，穿得烂糟糟的跟个叫花子一样，会吓到娃儿的。”老两口赶紧撇清自己，说是九公把他们抓来的，边说边使脸色，示意儿媳妇不要惹九公。

九公不管这些鸡零狗碎的事，气定神闲地跷着二郎腿坐在堂屋正中间，问老肖：“哪个是你儿子？我不要听女人说话，我要听男人说话。”

老肖的儿子这才从旁观的人群中挤了出来，刚走到九公跟前就挨了一巴掌。九公打完还骂：“别看你是带把儿的，太监还带把儿哩。讨了个不孝顺的婆娘，她不要你的亲生爹娘，你也不要你的亲生爹娘？你婆娘把你当牲口一样吆来喝去的，你像个男人吗？”

儿媳妇见九公势大，悄悄溜回娘家搬救兵。哪知道她老爹找了根洗衣棒打得她头破血流。母亲更狠，直接几个耳光扇得她晕头转向。然后，两口子撇下哭哭啼啼的女儿商量了好长时间。等他们从屋子里出来时，手里已多了一只大公鸡。他们拽着头上包了破布的女儿来困龙湾赔礼道歉。一家人把九公叫来，吃了个有哭有笑的合欢席。第二天，老肖儿子就带着几个人把父母的破茅草房拆了，在自家房边盖了间新茅草房。至此，这家人才真正算得一家人。九公的威武彻底改变了这个贫困家庭的生存状态。年轻的儿媳一连生了几个孩子，大儿子与贪不信同岁，长大后成为远近闻名的孝子。小女儿七妹干练泼辣，移民去了美国。兄妹俩是善有善报的最佳样本，神话一样的存在，连鹦鹉都会讲他们的故事。

但在唐红英等人看来，黄九公对村民是否有用并不重要，重要的是“他不是自己人”。现在，唐红英已经把黄九公划入“敌人”行列，早就下了欲除之而后快的决心。

唐红英说：“反对人民公社大食堂，就是人民公敌。”

九公说：“谁是人民？”

这句话把唐红英堵得死死的，怔怔地说不出话。这个无知的女人没想到九公思维如此敏捷，气愤地踢出了预谋已久的那一脚。老人难受地蹲在地上。爪牙们也趁机冲上来，抽出早已准备好的棒子一顿乱打，然后夹着那个阴险的女人落荒而逃。

那个晚上，九公的头肿得像篮球。他制止了所有拯救的努力，摆摆手说：“那一脚把我肠子踢断了，这个世界苦难太多，让我去吧。”接下来，他只在人世间停留了十二个小时：四个小时给大家谈人生世事，七个小时昏迷，最后一个小时回光返照。

岳九公等人一直守在床前。黄九公吩咐几个弟子说："唐红英这种不顾百姓死活的阴毒小人，一定要消灭。"

所有人都听到了，黄九公把"消灭"两个字说得斩钉截铁，没有丝毫犹豫。

当天晚上十点多，灰暗的煤油灯下，九公突然坐起来，艰难地盘腿。在人们的帮助下，他成功了，露出一丝欣慰的笑容。然后，他试图把两只已渐渐僵硬的手往胸前运动，显然是想做一个双手合十的姿势，但没有成功，刚刚运动到一半，如篮球般的头颅就重重地垂了下来。

九公死后，困龙湾大乱，飞仙关大乱，肤云县大乱。

后来，四大金刚向东穿过原始丛林，冒着九死一生的危险找到了骷髅小路，又翻过崇山峻岭找到唐红英。彼时，那个不知道大难临头的女人正坐在一块石头上磕鞋底的泥巴，旁边长满了枝繁叶茂的芭蕉树。整个川西丘陵都充满着这种令人厌恶的红泥，它们像粘在轮船下边享受免费旅行的吸盘鱼一样粘在人们鞋底脚跟甚至衣服上走乡串户。唐红英愤怒地折了根桑树枝，咬牙切齿地、一点一点地犁掉鞋底防滑沟里的红泥。这个终其一生都看不惯农村人的农村人恨不得长出翅膀飞进县城。只是这个梦想还没来得及实现，折翅膀的恶魔就围住了她。

女人感觉到了仇家的气息，想钻出四大金刚围成的圈子。金刚们轻轻一提膝盖就把她顶回冰冷的石头上。直到男人们质问她为什么要残害九公时，她才明白仇家来自困龙湾。话挑明了，她反而松了一口气。淡淡地说：“我就是看不惯他那个横样子，这种人，必须得死。”

“死”字出口，她的颈动脉就收到一丝冰凉的问候。原本密不透风的身体突然打开一条缝隙，身体里的温暖急不可待地逃了出去。她双手捂着伤口，痛苦地倒在地上，萎靡成一团。四大金刚摘下几片硕大的芭蕉叶盖在她身上，表情冷漠地转身离去，任由鲜血洇湿大地。

假死人和大逃亡

黄九公之死引发了困龙湾沉寂多年的逃亡意识，人们首先想到黄金小屋。

尽管黄金小屋在山顶上矗立多年，人们既不知道如何使用，也不知道是否有效。唯一的办法就是排队轮流进出小屋。然而，大家围着黄金小屋转了一个多月，生死之门并没有打开，进去多少人，出来还是多少人。如果有减少，那就是人们的体能和继续生活的勇气。如果有增加，那就是饥饿和无助感。

就在这个时候，奇迹出现了。

那天下午，排队进黄金小屋的人明显减少，走着走着，贪忠明突然发现前边变了一个人。他清楚地记得，刚开始，他前边原来是贪小月的舅妈，长发及腰，额头上还长着一条奇怪花纹，而现在变成了佝偻着身子的贪忠贵。人群一直有序流动，无人退席，也无人插队。很显然，有人凭空消失了，查来查去，竟然少了十一个人。首次“显灵”的生死之门把大家吓坏了。尽管人们渴望升天，可当真有人在光天化日下消失又令人深感恐怖。闻讯赶来的贪百城也吓了一跳，众人离开后，他还在黄金小屋里待了很久。

现在回想起来，最有可能的情形是，百城老人通过那次细密的观察发现了生死之门的秘密。

由于贪百城拒绝评价此事，人们也不知道这种莫名其妙的消失意味着死亡还是升仙，所以很快就打消了借黄金小屋逃脱苦海的念头。

贪家人突围失败，汪家人粉墨登场，绝技就是“烂克儿”。

困龙湾有五绝，依次是神龙、“烂克儿”、退犯、驱魔和贪百城。本来还有一个鬼市，可它若隐若现，去过鬼市的人更是寥寥无几，所以大家也就抱着“有它不多没它不少”的态度。五绝之中，除贪百城外，没人见过神龙，所以“烂克儿”成了五绝之首，这也是镇长村主任们央求“烂克儿”表演绝技吸引观众的原因。

“烂克儿”世代流传，最主要的用处就是寻找猪皮崽。

正常情况下，作为世间绝地的困龙湾，每百年才会遴选一次猪皮崽。这里水草丰美自给自足，九死一生冲出困龙湾的猪皮崽并不是为了获取丰衣足食行方面的优待，而是为了刺探外部世界的信息。遴选猪皮崽的条件异常苛刻。首先必须是双心人，就是长着两颗心脏的人。其次必须学会像鱼那样能够在水下生存的人。最后是身体足够强壮。和生死之门一样，猪皮崽也没有门户偏见，只要符合条件，整个困龙湾的人都可以参与。

那场史无前例的逃亡中，不知道有多少人跳进了青衣江，不知道有多少人生，多少死，唯一知道的就是贪不信的两个哥哥冲出了困龙湾。

在“烂克儿”眼中，贪不信英年早逝的父亲贪云前“十分狡猾”，这不仅仅是因为他发现了麻雀的弱点而置无数麻雀于死地，也不仅仅因为他青年时代就跑去当土匪混饭吃，最重要的是，他倾其一生都在想办法逃离困龙湾。

贪云前一共生了四个儿子。这些孩子读书前都没有名字，尽管现在我们知道老二叫闵中诚、老四叫贪不信，但老大和老三到死都没有名字。事后，“烂克儿”们推测，贪云前一直盘算着恢复闵姓。所以，当大逃亡到来时，贪云前就把老大和老二推到“烂克儿”面前，让他俩跟着猪皮崽一起冲出困龙湾。

汪天九严词拒绝：“这俩不是双心人，会死掉的。”“死了算我的，又不怪你。”贪云前说。

“他们还没有名字，找不到假死人。”汪天九说。“假死人本来就是骗人的东西。”贪云前认为。

争论了半天，汪天九一直拒绝把这两个孩子送上横架在千年老榕树上的神坛，拒绝为他们送上烟雾缭绕的祝福。贪云前挨个给“烂克儿”们卷烟讨好，最后幽幽地说：“照这个样子下去，大家都会饿死啊。百城老人都出现了严重的水肿，前几天让我去江里抓铁盘鱼治病哩。想想吧，是宁肯让儿子饿死在面前？还是让他们冲出去试试，九死一生毕竟还有一生啊。”

此时此刻，洗剑湖边的巨石坝上，“烂克儿”们正进行困龙湾最后一次祈祷法会。与以前充满荣耀和期待的法会不同，这次法会遍地悲情。

祈祷的主要目的是给猪皮崽寻找只有“烂克儿”们才看得见的“假死人”。此前，“烂克儿”们必须集体斋戒六天，除了饮水外不吃任何东西，饿得七荤八素时，墙上那个圆洞会传出一阵怪响，然后，他们自称获得了神秘暗示。那次，汪天九他们获得的暗示是：山行八里，牡丹从中。第二天一大早，四个“烂克儿”就出发了，避开所有人，沿着云顶寨下那条小路上山，一直往东。一路上大家都犯嘀咕，因为从来没听说山里有牡丹。走着走着，果然发现大片灿烂夺目的牡丹。然而牡丹就是牡丹，并不是人，也没有像人形的东西。“假死人”在哪里？想来想去，只有一个理由，那就是时机未到。“烂克儿”就在花丛边念经作法，一直虔诚地等待了一天一夜。第二天的朝阳之中，牡丹地里果然硬生生站起来两个“假死人”。跟真人差不多高，有脚有手，但没有脸，更没有表情。“假死人”不会主动走路，只有听到咒语时才会甩开步子跟着前边的人。他们把“假死人”领到龟鼻石旁，让它们纵身跃入江中，随后，猪皮崽也跃入江里，随着江水漂往白佛坪。

在愚昧的困龙湾看来，有“假死人”在前边冲锋陷阵，猪皮崽就可以高枕无忧了。其实，“烂克儿”制造出祈祷法会和“假死人”，无非就是想让“猪皮崽”心甘情愿地跳进江里，至于是“九死一生”，还是“九死无生”都不重要了。大家知道的是，两个猪皮崽下水之后，贪云前把两个儿子也推下了水。乌云四合，天气闷热，两个孩子侥幸漂到了白佛坪，又顺利到达了金乌寺。正因为他们的顺利才有了后来的一切，包括我来到困龙湾，丢掉一条腿，吉凶难料，前途未卜。

其实，要想让绝境变成坦途，除了一代又一代的努力外，别无他法。有时候我就想，要是千年以前的祖先立下规矩，祖祖辈辈凿山成路，遇水搭桥，而不是迷恋于那些鬼把戏，恐怕早就把天堑变成了通途吧。事实上，随着中国经济的发展，青衣江上先后架起了四座桥，再没有人愿意充当猪皮崽了，“烂克儿”的把戏也只好束之高阁自娱自乐了……

下部

我的手机响了，他似乎也讲累了，停下来边喘气边喝水。

我承认在《生死百年》和《大河上下》那两本小说中，我厚颜无耻地编造了许多内容。其实，逃离困龙湾后，我再也没有回去过，不知道，也不关心困龙湾变成了什么样子。为了掩盖我被和尚养大的经历，我虚构了一系列故事……我确实有一个叫『生死票』的粉丝群，靠着不断编织谎言维系着它的存在，那玩意儿除了满足虚荣心外毫无用处。马大妈和神火确实是我的酒肉朋友，可是天地良心，他们从来没有开着豪华得冒泡的路虎车和我一起回过困龙湾……

他一连喝完七杯水，又跑到饮水机前接了满满一杯，才志得意满地拄着那根树枝掉头回来坐下，继续信口开河。

鸟巢

小鸟总是把巢筑在摇摇欲坠的树巅，那是它们反复权衡的结果。许多人甚至不如小鸟，只会随波逐流，完全不会给自己定位。

原来真有“梦游”

大地震后二十天，我已经完全习惯了在拐杖的辅助下单腿行走，减肥成功、身轻如燕、体重骤减、贱命尚在，真让人无比快乐。但让人不快乐的是，肤云县核查人口的工作组已经从天龙寺那边延伸到困龙湾来了，又是拍照，又是检查。“寻得桃源好避秦，桃红又是一年春。花飞莫遣随流水，怕有渔郎来问津。”大地震成了报信的桃花，渔郎们最终是要来的，断了一条腿无法继续逃亡，保命要紧。我把一直贴身密藏的身份证和十张总额高达一个亿的存折砸烂烧掉，连灰都扔进了洗剑湖，还故意把右脸摔破——单腿行走，一天摔倒几次合情合理。然后，贪不信把我的右半边脸包了起来。靠着这副装扮顺利逃过了核查，他们还按我的编造开了一个姓闵的假身份证明，方便我以后回家。最后，工作组对我这个来旅游的外地人充满同情，也对我没有吵着闹着要救济要赔偿而深表敬意。他们嘱咐贪不信说：“好好照顾这位大哥吧，他现在是困龙湾唯一姓闵的人了。”

贪不信笑了笑，望着鱼王山顶，问我要不要去黄金小屋和云顶寨看一看。我一万个不想去，断壁残垣有啥可看的？那些东西因贪百城而存在，如今贪百城死了，不会再有人重修了，神话肥皂泡破了，那堆破石头一文不值。

贪不信却不死心，继续引诱我说：“云顶寨下有暗道通往后山，贪百城与‘烂克儿’合伙搞了一个闹剧，这个谜算破了。可是，黄金小屋的谜还在啊。生死之门的秘密究竟是怎样的你不想知道吗？”我愤恨地吼道，奶奶的，你们困龙湾连龙都困得住，何况我们这些虫，现在我丢掉了一条腿，你还想让把命也丢掉吗？

贪不信嬉皮笑脸地说你是司马迁啦，你要写书啊。

我无言以对。

是的，我确实对黄金小屋有非分之想，确实想借它逃避我犯下的滔天大罪。然而不得不，就算真的有生死之门，我也不知道它什么时候打开啊……转念一想，闲着也是闲着，上山透透气也挺好。

我和贪不信刚绕过荷花湖就发现一群人站在巨石坝上指着鱼王山叽叽喳喳。毫无疑问的是，大地震让鱼王山移形换位，隆起、坍塌、崩溃纷至沓来。悬崖上的植物尽数剥落，留下岩石们苍白无力地对泣斜阳。原来蒙着白布的那块岩石已经整体脱落，不知去向，大约投奔了青衣江。

“你们看，岩石炸开的地方，像不像一朵花？”有人嚷道。立即有人附和：“咦，石头花，第一次见哦，真的像花。”大家像苍蝇开会般嗡嗡叫个不停时，我掏出手机，找到一个月前在黄金小屋门下拍的那几张照片，盯着“大石花开”几个字久久不敢言语。我突然觉得，贪百城一定预料到了石头开花（大地震），自知劫数难逃，就做了一个极其精妙的安排——用提前死亡和生死之门来诈取诅咒的秘密。想到这里我不寒而栗：困龙湾延续了五百年的争斗并没有风停雨歇，只是换了个马甲而已。

如果“烂克儿”没有撒谎的话，现在，鬼使神差，我居然成了唯一知道生死之门秘密的人。因为只有我发现了黄金小屋上的“大石花开”四个字。可是，知道了又怎样呢？现在“大石花”出现了，黄金小屋却倒塌了，奈何？我有点怀念红衣丹增了，觉得只有他才有能力破解剩下的这些秘密。

刚看完大石花，又有人吼道：“快来看哇，洗剑湖在一圈一圈变矮。”这喊声比地震更可怕，因为洗剑湖是困龙湾的命脉所在。贪不信突然叫道：“湖水连着青衣江，难道江水也在退？”大家如梦初醒般往龟鼻石跑。一条腿跑不过两条腿，等大家跑光了，我寻了块石头坐下来，听着无量洞里发出的狂吼，看着洗剑湖水一圈一圈下降，就像坐在无边无际的荧幕下欣赏一部旷世难遇的交响乐。不一会儿，贪不信领着人跑了回来，说是青衣江上游断流了，残存的江水一直在往下游跑，洗剑湖很快就会流干。我突然想起一个月前路过川西高原时的情形，猜测可能是地震把困龙湾之上的山体震垮了，倒塌的山石阻断了青衣江，形成堰塞湖。这种堰塞湖危害巨大，迅速囤积的江水可以淹没上游的村庄。等它积蓄足够的能量后，又会变成毁灭一切的恶魔。“山无棱，江水为竭”亦不过如此吧。

贪不信突然疯狂地号召大家回去把锅碗瓢盆端来，要在巨石坝上烹之饪之，就像庆祝丰收一样，就像连做七天法事送猪皮崽渡江一样，就像电影里演的末日狂欢一样……大家呆若木鸡，无人响应，贪不信只好自娱自乐，跑回去搬来一堆东西，架上锅，点着火，连杀了六只鸭子丢进滚烫的水里。直到此时，许多人才如梦初醒，照猫画虎也把家里的大锅巨鼎搬将出来……肉香在空气中飘荡时，更多人拿来了碗筷和酒。恐惧让位于饥饿，活色生香的生活永远比黑暗幽深的死亡更令人迷恋。

被酒精刺激的人们依旧守在湖边，看着洗剑湖一圈一圈瘦下去。有人焦虑满腹，有人欣喜异常，甚至高叫着要钻进无量洞，看看里边有没有传说中的龙和独蹄水兽——那个据说有本事把水分开的神物。

第三天，湖水彻底流干，两位政府工作人员沿江而下。我们获得的通知是，飞仙镇成了堰塞湖的一部分，下街已经成了水下之城，上街的大部分堪比威尼斯。堰坝在离飞仙镇三公里之外的燕尺峡，地震引发燕尺峡巨量坍塌，如赵飞燕蜂腰般纤细的峡谷被拦腰截断。他让村主任赶紧发动人们修建五个简易直升机坪，政府决定在洪水到来之前把大家全部迁出去。“燕尺峡崩坝是迟早的事，洪水下来，困龙湾保不住，全部要迁到白佛坪，这是迟早的事，大家早做准备。”

传完信，他们继续往下走。现在，青衣江底的淤泥已经清晰可见，河床两边的石坡也被毒辣的阳光烤得惨白，但他们不敢走河床——害怕发生溃坝，江水随时可能铺天盖地而来。

与四处淤泥的青衣江河床不同，洗剑湖底是了然可见的巨石，只在最深的角落里藏着丁点儿淤泥，人行湖底就像走在另一块巨石坝上。很多人欢叫着跑进湖里，在积水深处寻找紫电鱼。山脚下，无量洞像怪兽张开的大嘴，等待着误入歧途的人们。大家玩够了看够了，征服无量洞的想法也就开始付诸实践了。人们叽叽喳喳叫嚷着要进洞寻宝，就像一群未曾上过学的儿童把学校想象成乐园一样。直到贪不信要求我也跟着进洞时，我才发现原来与我有关。挣扎无效后，我高叫道：“司马迁虽然被阉，可是双腿利索，行走自如，我断了一条腿还要跟你们去探险哇，真是太不人道了。”

贪不信拍拍我说：“你是断腿的司马迁，要给困龙湾著书立说，这里是困龙湾最秘密的地方哦。”

且不说无量洞里是否有妖怪，且不说那深藏亿万年的毒气和寒气是否可以杀人于无形，我不想进洞的根本原因是不想暴露我的专业知识，不想今日的逞能传播出去被追捕我的人找到蛛丝马迹。但是显然，此时此刻，越是龟缩不前越不自然越容易露出马脚。

好吧，就当是一次集体探险吧。我们组织了三十人，五人背着粗大的麻绳——就是当年的捆龙绳，这是探险神器，必不可少。十人拿着松香火把，十人拿着电瓶灯，拿火把是为了监测氧气含量，真正照明得靠强大的电瓶灯。我坚持要一个“烂克儿”陪我，因为感觉洞里有古怪，而且古怪很可能跟老汪家有关。

还好，入洞上百米，火把依然闪亮，证明无量洞前后贯通，空气流畅，我们没有被毒翻的可能。我走在队伍中间，望着潮湿且不断滴水的洞壁沮丧不已：洞有多长不知道，宽和高却是一目了然，宽不足十米，高不足二三十米，没有奇峰异石，没有壁画飞天，没有水底佛国或者洞中珍宝。

走着走着，前方发出一阵啸叫，封闭空间里的叫声十分恐怖，妖怪？洪水？正思谋间，贪不信气咻咻地跑过来说洞里还有洞。我紧跑几步来到人群集中的地方举目四望，再敲敲身边的石头——全是钟乳石。钟乳石随水而化，顺水而生，在山肚子里形成了错综复杂的密道。这么看来，鱼王山外层是坚硬的青石，肚子里却是极易被水侵蚀成溶洞的钟乳石。如果没有判断错的话，那些错综复杂的溶洞正位于云顶寨下方，与祖坟地相连。这恐怕就是当初“烂克儿”顺利转运贪百城遗体的暗道吧。但汪天九却摇头否认，说他们走的是条独立的暗道，从来没发现云顶寨下有如此别有洞天的暗道。

现在，粗大的捆龙绳派上了用场。几个年轻人借助绳索努力往上攀登。大家都看出来了，贠不信和元和如此卖力显然是想找到他哥和道士们的遗体。然而，他们费了九牛二虎之力爬上去才发现溶洞是密封的，没有出口。他们在曲折往复的高处折腾了整整两个小时，搜遍了每个角落，找到了许多闻所未闻的东西，就是没有找到任何关于人体的物件。

惊喜、失落弥漫着整支队伍，我们确信再无发现后大家继续前行。过了一阵子，又有人踩着蛇似的惊叫起来，队伍左手边又出现一个巨大的溶洞，而且有阳光透进来，这个洞应当位于黄金小屋之下。阳光照在洞壁，反射光投到我们身上，每个人身上都闪着奇异的金光。贠不信又激动起来，领着十几个小伙子如猴子般敏捷地往上爬。很久，他们又接二连三地拽着绳子滑了下来。贠不信沮丧地摇着说，洞的高处有很多狗头金，撬不动。这个洞不是密封的，面对青衣江的悬崖边上有好几个洞口。

至此，我们完全解开了黄金小屋之谜。贠百城是唯一的驯龙人，只有他才骑着龙穿过无量洞，只有他才知道这两个溶洞的秘密，所以，只有他才弄得到那么多狗头金，只有他才造得起黄金小屋和云顶寨。困龙湾所有的狗头金，包括我从五爷手里拿到的两锭，其实都是贠百城从这个溶洞里获得的，然后又以劳动报酬等方式分配到各家各户。

感觉时候不早了，加上许多人连爬了两个溶洞，已有精疲力竭之态，大家决定结束第一天的探险活动。往回走的路上，我一再叮嘱不要泄密，害怕大家回去添油加醋地乱说，引发人们的掘金潮，说不定半夜三更就有人拿着火药、钢钎等物来盗取狗头金。要是那样，山塌了洞封了，没法继续探险了。

汪天久摆摆手。我以为他会说困龙湾人不贪财，不在乎这些玩意儿，但他要说的却是另外一回事儿：“今天端午节啦，晚上吃饱点儿，要梦游，不会有人来洞里的。”

内心里，我一万个不相信困龙湾的梦游传说，我不相信好端端的人睡着后要起来当梦游神。我说今晚就要挑战你们的千年秘密，就睁着眼睛看你们怎么夜游的。汪天九轻蔑地看着我说，你也要梦游啊，你以为你跑得掉？今天晚上，凡是在这里的人都要梦游，千百年来，没有人逃得掉。元和拍拍我的肩膀鼓励说：“有志气，我跟你一起挑战，我是屡败屡战。”我说好啊，娘的，我们就在巨石坝上摆一桌酒席，通宵喝酒吃肉，我倒要看看梦游神从哪里出来。

走出无量洞，困龙湾傍晚特有的雾霾已经开始聚集。显然，它们白天都藏在阴暗的角落呼呼大睡，此时却精力充沛地聚在一起开会，天天如此，从不疲倦。

今天是端午节，困龙湾从来不祭屈原，也不喝雄黄酒，更不会吃粽子，但要准备丰盛的酒菜，集体来一次隆重的告别。梦游确实充满风险，他们并不只在家里行走，而是漫山遍野地行走，第二天早晨还能睁眼吃饭的人都会去忏悔一番，庆幸逃过一劫，感念神道保佑。被外界吹得神乎其神的梦游其实饱含辛酸，困龙湾并不想拥有这种无聊的神秘，人们无数次想打破魔怔，办法用尽却无能为力。曾经有纪录制片人扛着许多摄像机来破解秘密，他们把自动摄像机安放在各种角落，想看看人们是怎样梦游的。结果令人失望，现代科技拍不到一点儿蛛丝马迹，这个夜晚奉献给摄像机们的只是一片漆黑和散乱的小黑点儿。导演们不死心，第二年第三年继续明火执仗地来，依旧失望而归。他们的电视屏幕上一片雪花白，那些守在冰冷机器跟前的摄像师无一例外都参加了梦游。

整个困龙湾，只有我、贪不信、元和三人孤苦伶仃无家可归，其他人都早早回家吃告别饭准备梦游了。我们捡了些医疗队撤走时剩下的篷布，在巨石坝上搭了个简易房，一边宰鹅泡黄豆准备晚餐，一边感叹物是人非。贪不信跑回倒塌的小二楼抱来一坛深藏多年的好酒，有人给我们端来了回锅肉、麻辣豆腐、清炒笋片等佳肴，我们仨再烧点热水，把自己从头到尾洗涮干净，然后一人倒满一盅酒边喝边聊，一门心思想管窥困龙湾的神奇梦游什么时候开始，什么时候结束。

远处，倒塌的黄金小屋像座被洛阳铲问候过的古墓，比我们更凄惶地孤立在夜色之中。云顶寨已经和暮色融为一体，完全看不清它的本来面目。天龙寺、白佛坪、飞仙关上空狂闪着七彩异光，像数条紧紧缠绕相互厮打的蟒蛇。困龙湾上空平静如常，本来就极少出现的星星和月亮，今晚也没有。

看着看着，发现了第一个梦游人，从青龙桥过来，时隐时现，经过贪不信那个破落的小二楼，经过荷花湖，经过祠堂，似乎还和祠堂里的人说话，然后，朝我们走来……越走越近，我们都愣住了：白佛寺的丹增。他的暗红僧衣被荆条挂得像拖把，脸上也有几条血印，显然受了不少苦。

二十多天前，丹增跟我们一起上云顶寨，一起进入大殿，一起遭遇地震，元和吓傻了，我断了一条腿，闵中诚和丹增等人虽然死不见尸，但已被归入死人之列。如今“死人”丹增重现江湖，不作梦游当作何解？丹增也没客气，坐下来把酒肉吃了个够，然后盯着我的残腿扼腕叹息。他自顾自说了很久，我们都没有回答，实际上不知道该不该回答。在我看来，我们仨就像坐在电影院里的观众，丹增就像电影里的人物，那块薄薄的荧幕把我们隔成了两个世界。

丹增猛地锤了元和一拳说：“不是梦游，你们神经病啊。”至此，我们仨才冲上去把他扭住，仔细拍打他身上的每个部位，生怕他只是一个冰人，忽然会融化成水，然后钻进地缝消失。

原来，地震后，丹增掉进了塌陷的地道，又顺着溶洞溜进青衣江，居然顺着江水漂回了白佛坪。本来想着再回一趟困龙湾，但地震破坏了所有道路，山口又有武警战士看守，只好作罢。最近几天青衣江断流，他才冒险沿江一路寻来。

我们本来以为丹增也是来凑热闹的，但他对梦游已经失去兴趣，他曾经六次想解开梦游之谜都失败了。他的六次研究都是在第二天进行的。得到的结论是，不知何时出现的梦游神最有可能在黑魅的吼声中消失。它逃走后，散落在山间水边的躯壳才会突然醒来，有的扛着锄头，有的端着洗衣盆来到湖边，有的正行走在万丈深渊旁，有的蹲着看一群蚂蚁搬家，还有的跑到女邻居床前，心无旁骛地盯着那张空床，女邻居早已不知去向……六年六次，每次都这样。当然，还有比这更惨的，有人掉进水里，有人摔下悬崖，有人走上独路，有人爬上大树被蛇咬死……死亡根本无章可循，难以推出“梦游是老天爷惩治邪恶”之类的结论。

如萤火虫般散落在山间水旁的灯光渐次熄灭，年年岁岁花相似，尽管这个夜晚充满着难以想象的不确定性，人们还是只能选择接受。看了看表，十二点多了，这在灯火辉煌的城市里，可能只是夜生活的开始，可能刚从酒桌子上转移到人声更嘈杂的歌厅或者麻将桌上，但在远离喧嚣的深山里，这个时间意味着半夜三更，意味着熟睡，意味着随时都可能到来的梦游。

四人之中，贪不信和元和一整天都在上蹿下跳，破衣烂衫的丹增经过重重险阻才到达困龙湾，所以几杯酒下肚，三人就昏昏然，爬上简易床倒头就睡。只有我，断掉一条腿，省去了许多繁重的劳动，精力比以前更充沛，我在尼古丁和乙醇织成的阵地上左冲右突，后来干脆踱出帐篷，独自享受孤单而清冷的空气。

连山风都睡了，听不到啸叫，四周宁静，我仿佛坐在天地未分之前。“寂寂江山摇落处，怜君何事到天涯。”声音像央视主持人赵忠祥一般雄浑。我狗咬尾巴般转了好几圈也找不到人。哎，是在问我吗？是在问我为什么会来这里吗？……

我是在众人吆喝声中醒来的。彼时，我已经鬼使神差地来到黄金小屋旁。汪泰远扔出一个带圈的绳子套住了我，然后大家再发出惊天动地的吼叫把我吵醒。一阵手忙脚乱后，我被摁倒在地拖离悬崖。所有人都哈哈大笑——包括我。我知道，那个夜晚，我从巨石坝上梦游到了黄金小屋，潜意识里还是在寻找逃亡之路，寻找生死之门。

原来真有“屠龙族”

洗剑湖和青衣江里没有置人于死地的水，困龙湾首次度过一个没有死人的端午节，有理由庆祝。于是，第二天，整个困龙湾充满着喜庆，大家又集中到巨石坝上喝酒吃肉，跳着只有这里才有的毒龙舞，品着山泉水酿制的饮料，庆祝又一次大难不死。第三天，我们再次向无量洞进军。这一次，整个困龙湾人都出动了，大家浩浩荡荡进了洞，像一次春暖花开的郊游。小孩子、小狗们欢叫着跑在最前边，父母们紧随其后，我跟着一群老人走在最后。

走过云顶寨下的溶洞，那里，有些孩子在努力地往上爬，去搜寻他们想象中的宝物。走过黄金小屋下的溶洞，那里，更多的人在抠挖狗头金。直到把无量洞走完，来到青衣江边都没有发生任何险情。残存的青衣江河床足足有一公里宽，到处都是大小不一的水凼，大如池塘，小如桌床，淤泥遍布，深不可测，像一张张随时都会吞人毁物的巨嘴。江对岸正对着无量洞的地方，有一个看起来跟无量洞同样规模的洞口，或许原本就是一体，后来被青衣江拦腰冲断。

“过江吗？”“还去对面探险吗？”大家面面相觑，不知道该谁来做这个重大的决定。我知道大家需要一个漂亮的撤退借口——没有人想去对面，且不说对面山洞是否如无量洞般友好，单就是面前宽阔且陷阱密布的青衣江就让人望而生畏，何况还有随时可能咆哮而来的江水。

我四处寻找汪天九，却发现他坐在一边的岩石上喘粗气儿，脖子挂满了豆大的汗珠。这个老东西总是有意无意地躲着我的眼神。我分开众人把他拉到一个阴暗的角落，在我的逼问下，他终于说出“烂克儿”最重要的秘密。

原来，从进入无量洞那时起，汪天九就沉浸在极度的恐慌之中，因为无量洞连着“烂克儿”世代相传的秘密。这个秘密只允许一个“烂克儿”知道，上一代的最后一个“烂克儿”临终前才会告诉下一代年龄最小的“烂克儿”。这个秘密就是“血碑秘密”。然而，汪天九只知道无量洞是“血碑秘密”的入口，并不知道“血碑秘密”的内容。本来，他以为这辈子只需要把“血碑秘密”四个字深埋心底，临死前拿出来虚晃一下交给后来人即可，哪里想到青衣江会干？哪里想到有生之年会重启“血碑秘密”？

最后，大家决定，我、贪不信、丹增、元和、汪泰远组成困龙湾有史以来第一支看起来像回事的探险队，飞越青衣江，寻找“血碑秘密”。

事先没看出来，汪泰远居然是个攀缘高手。淤泥烂淖的青衣江不可徒涉，必须有人带着绳子过江，将绳子固定在对面的树上，其他人通过绳子滑到对岸。这个关键任务就落在了汪泰远身上。只见他在光滑的石头上跳来荡去，时而扔出绳圈或者木块探路，时而扔出石头或者泥块试水，总算有惊无险，一个小时后，他站在对岸向我们招手。这边，贪不信把捆龙绳拴在无量洞边一株刚被雷火劈成裸体的红豆树上。那边，汪泰远把绳子拴在一棵虬松上，又缠住旁边一块巨石，然后再绕到虬松身上。滑绳飞渡是困龙湾最基本的生存技巧，许多人从小就会，我有多年的登山经验。所以，不大一会儿，我们五人已经站在对面回望困龙湾的老少爷们儿了。同时，大家也没有忘记把绳子变成北高南低，方便我们以同样的方式滑回困龙湾。

比起无量洞来，这个洞口更低更宽阔，江水可以随意进出，把洞里的一切涤荡干净，导致洞中除了许多光溜溜的石头外没剩下任何东西。才走百十来米，传说中的血碑就在眼前，因为它立在一段大约只有十多米高的石崖上，电瓶灯很容易晃到它，它躲不过我们，我们也躲不开它。

我们像鬼子进村般悄无声息地靠近那块两米高的石碑，没发现一丝血迹，可能是岁月的风霜刀剑淡化了曾经的鲜血，也可能是斑斑点点的血迹与洞中的黑暗做了某种不为人知的妥协。

唯一明确而清晰的是，它不是无字碑，因为碑上用小石头镶嵌了许多字，全文如下：

> 自由腾龙，万物之雄，犬蠕蟋族，百年围攻，一战飞仙，二战白佛，三战天龙，力不能敌，断肠同归。
>
> 护龙族绝笔

当然，我们花了好半天才破解了那些弯弯曲曲纷繁复杂的古字，个别地方还有连猜带蒙的成分。汪泰远愣了半天，他以为“血碑秘密”可能是金银财宝或者天地运行之类高大上的玩意儿，没想到只是一段护龙传说。字面意思是，很久很久以前，护龙族先后与犬族、蠕族和蟋族打了很多场战，飞仙关、白佛坪、天龙寺都是护龙战场。显然的是，护龙族的地盘越打越小，最后只好用断肠水跟敌人同归于尽了。奇怪的是，龙是自由精神之象征，其他三族为什么又要绞尽脑汁屠龙呢？难道他们天生就是自由的敌人？坦率地讲，关于龙的精神，似乎从来没人用“自由”定义过。神龙见首不见尾，龙能上天入地呼风唤雨，那是何等气魄，那是真自由。可是，五千年来，我们只把龙当作一种拥有法力的神物，总是想借助龙的力量达成人类的目标，比如干旱时节，希望龙能吐点水出来。我们似乎从来就没有想过，龙的巨大能量来自何方？现在我们有点儿明白，那就是，龙的巨大能量来自强大的自由冲动。“万类霜天竞自由”，没有自由就不会有强大的能量。龙的自由肯定为犬族、蠕族和蟋族所不容，所以三族举全力灭龙，护龙族举全力护龙，战争就不可避免地发生了。

突然，石碑后金光乍现，蝙蝠们惊叫着飞了出去，我们也吓得躲在石碑和蝙蝠的阴影下不知所措。等蝙蝠飞完了我们才敢爬上石碑所在的高坎看个究竟。原来，石碑后面就是洞口，所谓的“金光乍现”不过是阳光突然冲破云层到达洞口而已。洞口的云雾深不可测，时而像无数朵盛开的木棉，时而像万千个盖着白布的演员。东边，一群演员突然高高跃起，双臂张开，双腿劈叉，嘴巴张大，好像在引吭高歌；西边，似乎有一个鹤立鸡群的诗人，峨冠博带，边走边吟唱着什么；南边，两团势均力敌的云雾相互缠绕，彼此撕扯，最后合成一朵巨大的蘑菇云，不停地游走；北边，一束白柱突然直冲云霄，又像被恐怖分子击中的世贸大楼一样迅速坍塌，形成一个巨大的黑洞，把四周的云雾都吸了进去……我曾见过贺兰山的云雾，但比起面前这些翻滚着撕扯着跳跃着奔跑着哭泣着思考着挣扎着的云雾来，贺兰山的云雾顶多称得上气体。

更奇怪的事还在后面。贪不信无聊地捡了块石头扔进云雾之中，刹那间，云雾似乎意识到了我们的存在，立即停止了运动，渐渐恢复了平静。

云雾之下难道是深渊？有龙？潜龙在渊嘛。

汪泰远若有所思，在他看来，“血碑秘密”似乎应该是这样的：护龙族抱定必死之心，请犬、蠕、蟋三族的重要人物前来洞中议和，在那场空前盛大的宴会上，酒、水、食物里都有断肠水。不言而喻的是，所有人都陆续死去，剩下几个在苟延残喘。此时，汪家那两个年轻人鬼使神差地潜入洞中，获得了一些秘密。他们由无量洞进入洗剑湖，并最终在那里生根发芽，开始了困龙湾的历史，也开启了护龙的神圣使命。

偌大的空间，除了石碑外，空无一物，贪不信扭头望了望那些深浅难辨的云雾，无奈地说："走吧，啥都没有，白费力气。"元和却阴阳怪气地说："无即是有，此行应视作有。"丹增反其道而行之："有即是无，此行还是要算作无。"两个人叽叽喳喳饶舌不已，走在最前边的汗泰远却说："斗嘴皮子有啥用，看看那条绳子，是有还是无？"

果然，原来横在江上那条粗大的捆龙绳没有了。更要命的是，青衣江底居然出现了龙腾虎跃的水，原来裸露的石头已经被水淹没。很显然，飞仙关的堰塞湖溃坝了。此情此景，我们再不甩开膀子飞奔，就得像保卢斯一样被苏联红军包围并消灭，保卢斯还能向红军投降，我们怎么向洪水投降？

原来真有“幸福岛”

奔腾而来的江水像输红了眼的赌徒，裹挟着无数树木巨石泥沙拼命冲击着曾经束缚着它们的河床，似乎想挣脱“心”字山河给它安排的宿命。

我们身处的这座山和鱼王山有本质的区别，鱼王山只是十万大山边一个缓慢下降的斜坡，比较容易攀登，这座山简直就是悬崖峭壁的爹，直上直下根本不给人攀爬的机会，唯一值得弹冠的是，数不清的参天古树挡住了大部分洪水和跟随洪水而来的杂物，比如致命的铁丝和尖如标枪的木头。饶是如此，仍然有不少洪水穿过层层森林甚至飞过树顶劈头盖脸地砸下来。洪水好像前世的冤家，就算追到天涯海角也要把我们毁灭而后快。参天古树身上都长着厚厚的绒毛，我们无法攀缘，只能拼命地往山上跑。我拄着拐杖，像刚从屠宰场逃出来的火鸡，没跑出几步就摔倒在洪水里。贪不信和汪泰远转身来救我，像捞抹布一样把我从水中扯出来，然后架着我朝正前方那块巨石奔去——那是我们认定的救命之物。快到巨石跟前，却听到猛虎般的闷吼，看都不用看，一定是大浪正在死命拍打巨石，后浪推前浪，前浪再推前浪，终于有浪头越过了巨石，咆哮着向我们冲来。随着浪头而来的还有各种各样的鱼，它们就像天兵天将般，趾高气扬地飞过我们头顶。搞笑的是，贪不信没有急于奔命，反而立在当场，兴奋地说："鱼儿真的在房顶上飞喽，妙啊妙啊！"

环顾四周，左侧是悬崖，右侧和背后都是凶险的青衣江，唯一的生路就是这块巨石。可是现在，巨石已被洪水占领。

紧要关头，左侧悬崖上突然垂下来一根救命绳子，正是原来架设在青衣江上的那根捆龙绳。为了利于滑行，绳子上还抹了猪油。现在，猪油散发出动人的芳香。管不了那么多，就算是牛头马面抛下来的索命绳也得上啊，总比淹死强吧。

原来是白毛。

说实话，我一直不喜欢白毛。

白毛还是像那天晚上那样指手画脚，似乎要告诉我们许多秘密。但与那天晚上不一样的是，它身边没有能当翻译的白脸獾。我们五个人都不懂兽语，只能连猜带蒙，一致认为白毛是想说以下内容：它一直藏在黄金小屋旁边的悬崖上，发现溃坝而来的洪水后，立即沿着绳子爬过江来救我们。

我突然觉得非常对不起这只精灵。此时，它斜靠着一棵古松，两手不规则地晃动着，有点像得脑血栓的病人。我挪过去抚摸着它宽阔的后背，感谢它为我们做的一切。它抬头望着我，指着空荡荡的右腿裤管。我秒懂了它眼神里的关心，故作轻松地表示“无所谓”。它却无比伤心地用嘴拱我的肚子，泪水打湿了我的双手。

天空瞬间坍塌，黑暗如约而至。我们不害怕碰到鬼，此时此刻，我们自己就是鬼，衣衫褴褛、饥肠辘辘。好在树上有不少野果子，如花红、枇杷、山梨、无花果，我们七手八脚地边采边吃，非常绿色非常养生非常让城里人羡慕。枯枝败叶很多，用不了多久，就聚拢一堆厚达数米的阔叶橡胶树叶，虽说干湿混杂，总比睡在石板上强吧。白毛坚持让我睡在它身边，却不允许其他人围着。这可是五星级宾馆都换不来的待遇，白毛的体温犹如普罗米修斯盗来的天火，给我提供了强大的生命动力。

第二天，我们仍然在群山万壑中狼突豕奔。杨万里没有骗我们，真的是“一山放出一山拦”。不要说我这种独腿怪兽走得一佛出世二佛升天，就是善于走山路的白毛都焦躁不安，不时拉长脸撅着鼻子乱嗅——它靠鼻子识别空气中的水分和野果子，幸亏它的机灵和不辞辛苦我们才没有饿死在山中。可是，这样走下去何时是尽头哇。当天傍晚，我们发现一座破庙，这意味着离人境不远，大家都兴奋起来，决定在破庙里过夜。

两天没吃热饭，大家不同程度地出现了腹泻——白毛除外，它一辈子都不食人间烟火，野果子就是山珍海味。居有定所，大家思谋着吃顿热饭，至少，整点开水喝也行啊，让肚子温暖一下死了都值。这里有丢弃的鼎锅，可以当炊具。鼎锅是非常古老的物件，技术落后年代的产物，笨重易碎。地上随处可见的鼎锅没有一只完好的，但做饭不存在问题。问题是，有锅并不等于有饭，因为没有米。即使有米也没有火。学古人钻木取火？无人会。学普罗米修斯盗天火？无人会。这事也不能向白毛求助，野生动物最怕火。再说了，就算白毛不怕火，它到哪里去弄火？

丹增拖着早已被山石磨穿了的僧鞋在破庙里逡巡，一直在寻找和尚们用火的痕迹。但他始终没找到，只好沮丧地坐在台阶上，发泄似的捡起身边的石头乱砸。没想到砸着砸着，江泰远看出了古怪。

石头很容易砸出火花。接下来，要喝开水甚至要洗热水澡就不是问题了。我们甚至找到不少野蛮生长的红薯。白云遍地无人扫的地方，红薯自然也是无主之物，权当老天垂顾吧，于是，我们美美地洗了个澡，美美地喝了顿红薯汤，然后美美地躺下数星星。

聊着聊着，话头又回到贪百城那句得罪死神的话来——“战胜死亡的唯一办法就是死亡。”

贪不信学历最高，又有特异功能，他先说。好在此君向来不信神仙鬼道，更不愿意去思考那句让人头痛的话。相反，他扔出了一连串的问题：同归于尽的战胜有什么意义吗？比如贪百城死了，可以说是死神战胜了他，也可以说是他战胜了死神，看你从哪个角度去想。终生迷恋制造死亡和恐怖气氛的“烂克儿”却不同意。他认为贪百城的伟大之处在于给人们指明了一条道路，那就是死亡是可以战胜的。沿着这种思维去思考，不同的人会得出不同的办法，比如科学家会用治愈癌症的办法来战胜死亡，生物学家会用重组基因的办法来战胜死亡……汪泰远说到这里，元和闷头闷脑地插了一句：“我一直不明白什么叫战胜死亡？比如一个人得了重病，医生把他治好了，他又活蹦乱跳了，这叫战胜了死亡吗？”

大家都默不作声，都知道他那句话后边还埋藏着一颗地雷。

前途未卜的几个野人奢谈什么哲学？睡吧。

半夜三更，星宿满天，我们陆续被深山里的万年寒气吵醒，望着群山之外清晰如盘的月亮沉默不语，现在应当是温庭筠“商山早行”或者朱元璋“拂晓行军”的时候，有茅店无鸡声，有人迹无板桥。讲真，此时此刻，我们比任何人都渴望红日东升，“等闲推出扶桑日，社稷山河在眼前。”我们坚信，地球的这一次自转会给我们带来巨大惊喜。

果然如此。

天色微明，我们迫不及待地启程，沿着那条已被“离离原上草”侵占了的小路，来到一块巨大的菱形山石面前。这块长相猥琐的花岗石结结实实地挡住了去路。每个人都狠狠地拍了它几巴掌，然后才小心翼翼地抓着石缝中盘旋往复的虬枝绕过它。

然后，所有人都面如死灰。

我小时候被录像里的周润发和刘德华搞得神魂颠倒，他们穿着风衣，拔枪、转身、射击……那动作看呆了无数青少年。有一年春节，我向父亲提出“买件衣服”的要求，可我说不清楚刘德华穿的是什么衣服，现在想起来，即便我说出了“风衣”二字，父亲也只能理解成“能挡风的衣服”，因为那个沮丧的春天，父亲给我买了一件军绿色棉衣——类似二战时苏联士兵的战服。你永远无法理解我当时的愤怒。现在，那种通天彻地的失落和悲愤感卷土重来。放眼望去，远处的大地就像在某个动荡年代受到来自天空的重击一般大面积下沉，可怕的地质断层把我们留在了高山之巅。保守估计，我们离山脚的垂直距离至少有两千米。贪不信一屁股坐在地上说歇着吧，等太阳出来看清楚状况再行动。白毛兀自高兴起来，它大约是想告诉我们已经走出了高原地带，这里是高原与平原的分界线。经它提醒，大家才重新高兴起来，元和甚至唱了一首充满男欢女爱的小调，这个道士可能是半路出家，唱歌时的表情一览无遗地出卖着他。没多久，金光四射，浓雾散去，山脚下是苍茫的平原，有小溪，有草地，有村庄……好熟悉好亲切的人间烟火。

打起精神，继续下山。

这座山好像一根硕大无比的圆柱子，下山的路包着这根圆柱子转圈圈。也不知道此路是谁开，反正只有这么一条铺着碎石块的路，一圈一圈盘旋而下。好在不是登天路，好在目标清晰可见，希望就在眼前。

上山容易下山难，才走两三圈，大伙都疲惫不堪，膝盖发软，随时可能跪地求饶。尤其是单腿独行的我，记不清摔了多少次，每次都是在众人的帮助下才鼻青脸肿地离开草丛。

千辛万苦来到山脚下，我却吓得不敢挪动半步。面前是一个巨大的石滩，充满了大小肥瘦不一的石头，没有棱角，全是鸡蛋状，还杂乱无章地分布着一些高大且不知姓名的树，没有尖锐的树梢，树冠也呈鸡蛋状，就像有把无形的剪刀二十四小时守在树边，随时准备修剪掉那些野心勃勃旁逸斜出的树枝。过了石滩是条小溪，过了小溪是片青草地，过了青草地有个不大不小的村庄……

这是曾经出现在我梦中的场景啊！怎敢忘？这里有会说人话的“ching”，还有能把人缩小成蚂蚁的魔法，青草地会散发出巧克力味儿，男人吃后会变成母牛……我把在贺兰山上做的那个梦原原本本告诉了患难兄弟们。还好，他们没有嘲笑我的无知。相处多日，大家都知道我不是一个闲来无事的段子手，再说，我们几个人本来就属于非正常人类，他们脑子里盛装的古怪玩意儿远比我的梦更多更可怕。

无论如何，摆在大家面前的只有越过石滩进村一条路可选。大家面面相觑后达成一致意见，由贪不信说出来：“虽千万人，吾往矣。”豪言壮语说罢，他带头跳上一块大石头，上下左右看了半天，又捡起几块小石头投石问路。小石子在石滩上蹦蹦跳跳，最后消失在一群石头里，就像一滴水最后融进大海一样。没有会说话的蚂蚁，也没有从石缝里钻出来的妖魔鬼怪，他们彼此嘲笑着往前走，小心翼翼地躲避着那些随时可能把人摔得头破血流的光滑石头。

我和白毛纹丝不动。白毛坐在地上咆哮如雷，捶胸顿足，一次次回望背后那座高山。看它的意思，在人间与深山之间，它乐意选择后者。我不是猴子，决不愿意跟它回去，但那个凶残的梦一直盘踞在脑海里，我要等他们安全抵达青草地上再做打算。

很快，他们毫发无损地坐在草地上等我们。我回头示意白毛行动时，却只看到它饱经风霜的脏屁股。它已经不辞而别，正一颠一簸地沿那条碎石板路重登高山，看得出来，它生怕自己再眷恋人间红尘，所以奋力向前，头也不回。

好吧，我撑着虬枝拐杖站了起来。拐杖是白毛帮我找到的，非常好用，现在成了诀别礼物。然后，我一瘸一拐地走进石滩，越过小溪，来到青草地上。远远看去，这座古村落不过三十来栋小屋，全是石头砌成的，年代久远，许多房顶上都爬满了青苔，高山流水被分成六股，绕村而行，既解决了日常用水，又美化了环境，颇似云南丽江城外那些老村。略感意外的是，我们站了许久都没发现人，就像一股空气流进了另一股空气，没有欢迎，没有拒绝。

流水潺潺，腹内空空，别无选择，只能硬着头皮进村。

草地尽头是条沟渠，渠边有棵高大的榕树，须发万道虬枝盘旋，似乎是这个村庄形同虚设的哨兵。榕树旁边立着一块刻着“幸福岛”三个字的巨石，榕树身后是广场，广场上有好多动物，有的像乌龟却能直立行走，有的像甲壳虫却长着人手，有的像熊猫却有六只脚，最让我惊讶的是，曾在我梦中出现的大肚子蚂蚁“ching”也在其中。它们很悠闲，漫无目的地走来走去，像被某种邪恶力量控制了的无心人。

向来多嘴的元和没有说话，自恃巫术可以呼风唤雨的汪泰远捂着嘴巴瞪大眼睛不知所措，贪不信努力地搓着双手，丹增闭了双眼一个劲地念经。我没敢多看，抽身回来坐在大榕树下，此刻已是汗流浃背。实话实说，我失去了判断力，我不知道是非吉凶。“ching”本来只存在于我脑子里，可它居然就在眼前。我不是贪不信，没有诡眼，没有预测未知事物的本事，也不知道宇宙大爆炸留下的缝在哪里——如果可以，我永远不需要知道，我宁肯做一个普普通通的人，朝九晚五按时上下班，无钱无权。可是，我偏偏要寻找什么生死之门，偏偏要想尽办法洗刷我的罪恶，所以碰到这么多乱七八糟令人绝望的事情，又能怪谁呢？

“快看快看，还有古怪。”元和突然小声叫起来。原来，他一直盯着一只像乌龟的动物，直到它走进那间屋子。凑巧的是，那间屋子有条很大的缝隙。透过缝隙，他发现乌龟变成了人，而且是一个饱经风霜的老人。我们自然不会相信他的神神道道，丹增气得要打他，责怪他不该在这个紧绷神经的时刻制造恐怖气氛。元和也不争辩，努努嘴让我们自己去看。

屋子里有四个人。两个老人在吃饭，桌子上摆着令人垂涎欲滴的红烧肉。另外两个年轻人在睡午觉，呼声如雷。两个老人吃罢午饭踱进了旁边一扇门，估计也是睡午觉去了。还是贪不信胆子大，建议说咱们直接进去讨吃喝吧，有啥大不了的？都在中国这块土地上，怕啥啊。

仔细一想也是，九死一生的人地震都扛过来了，还怕什么啊，大不了一死了之嘛。

我们绕过大榕树，高大的身影一出现在广场上，那些不知名的动物立即作鸟兽状散开了。我们疑心这是各家豢养的动物，就像困龙湾家家都豢养动物一样。我们跟定两个走得极慢的像河马一样肥胖的动物，它们左一下右一下地挪动笨拙不堪的两堆肥肉，慢慢把我们领到小屋前。

眼睁睁地，它们跨过门槛。眼睁睁地，它们变成了两个肥胖的中年人。眼睁睁地，他俩回过头来跟我们握手寒暄，挨个儿问我们姓甚名谁，从哪里来。当我们抱怨从高山上下来几天没吃顿热饭时，他们立即端出丰盛的酒菜，红烧肉、酸辣鱼、时令鲜蔬、白酒、西红柿鸡蛋汤、米饭等。天啦，元和首先不知廉耻地扑上去抓起筷子，不由分说甩开腮帮子一顿猛吃。我满肚子狐疑，举箸无定，害怕吃了这些食物后会变成动物。两个胖子却说："放心吃，饭里没有古怪。"

两人是双胞胎，哥哥叫鲁岩，外号鲁有钱，弟弟叫鲁力，外号鲁有权。他们的父母希望他们权钱兼顾。

我们狼吞虎咽了好一会儿才遏制住饥饿。我放下筷子，抛出了最大的疑惑："怎么一回到屋子里就变成人了？"

两兄弟异常坦然，说幸福岛上都是这样，一出门就变成动物，失去语言和思考能力，一回家立即变成人形。

"从什么时候开始的？"汪泰远问。鲁家兄弟掰着指头说，以前，大家都是种地人，辛苦而自由。也不知道从哪一年开始，来了几个莫名其妙的人，不知道施了什么魔法，村子就变成现在这个样子。

我再次想起在贺兰山上做的那个梦，怯怯地问："这些人头顶上是不是有根肉辫子，上边还长着一只眼睛？"

鲁家兄弟怔怔地望着我，点点头。天，要换人脑的肉辫子竟然真实地存在，竟然就在这个叫幸福岛的地方。我无处可逃啊。

鲁家兄弟的房子大约有八十平方米，一间厨房兼饭厅，两间卧室，米面粮油应有尽有。胖得出奇的兄弟俩已经四十多岁了，至今单身。我们觉得很奇怪：一出门就变成肥胖臃肿的牛，不稼不穑，物资从哪里来？

兄弟俩指了指屋顶横梁上一个像监控探头的东西说，哪家缺什么东西一目了然，大罗仙会派人送来。

贪不信突然提高声音问："什么东西送来的？黄牛吗？人吗？"鲁有钱不屑地回答说："当然是人喽，难道东西会自己飞进来啊。”边说边悄悄打手势，示意大家不要对着监控器表达不满。

汪泰远兴奋地说衣来伸手饭来张口，神仙生活啊，该向全人类讴歌这些丰功伟绩的创造者，让他们名垂青史。“烂克儿”拍马屁的功夫一流，鲁氏兄弟得意地笑起来，拿出好烟好酒招待我们。

正当此时，一个扛着包的壮汉迈进大门，头上果然有根肉辫子，辫子上果然有只小眼睛，只不过比梦境中的要短，两三公分的样子。我死死抓住元和的胳膊，感觉自己屎尿俱下，痛不欲生。好在壮汉只是弯腰放下包，从里边拿出猪肉、葱、米和油放在墙角，然后礼貌地问我们从哪里来要到哪里去，需要什么帮助尽管开口，等等。简单地聊了几句就走了，看不出热情或冷漠。

贠不信想拜访一下躲在暗处那个监控者。然而，鲁家兄弟尽管每天都能听到那个声音，却从未见过真人，更不知道他住在哪里。鲁岩说：“明天要开全村大会，我们都要到广场上去，你们或许能找到他。”

丹增反问：“为什么是可能？开大会他不来吗？”

鲁力说：“我们出门就变成动物，看到的和听到的都是乱七八糟的，不知道是不是他。”

于是，我们决定住下。

半个小时后，刚才那个送米面油的壮汉又来了，还带来了五张行军床。很显然，通过监控，广播后边那个人知道我们要在这里过夜。建立在无孔不入基础上的细致入微让人毛发倒竖，贪不信对汪泰远说："拿出你们的看家本事来，破了这个诅咒。"汪泰远大摇其头："没那么简单，这恐怕还有一个严密的组织。"元和伸伸懒腰说睡吧，自己都是逃命者，还想着解放别人啊。很快，连日来的奔波抹平了一切恐惧，源自身体的本能迅速埋葬了一切。

第二天早上五点半，我们被歌功颂德的喇叭声吵醒。最要命的是，喇叭关不掉，只能被动地听着。盛大的歌功颂德完毕，鲁氏兄弟才敢动手准备早餐。早餐很丰盛，牛奶、煎蛋、八宝粥、面包等，应有尽有。吃罢早餐，鲁家兄弟极不情愿地往大门边挪，迈过门槛就变成了昨天那个样子，然后笨拙无比地扭动肥胖的身躯朝广场走去。在它们身边，渐渐出现更多神态各异但面无表情的动物。

雨，突然没头没脑地泼下来，不一会儿就烟雾弥漫。所有动物都立在雨中静默，仿佛正在出席某个大人物的葬礼。那个声音再次响起来，说着要感恩戴德之类的陈词滥调。我们一起冲进雨幕，经过一番漫无目的地奔跑，毫无悬念的失败了。

等我们像落汤鸡一样踏进鲁家兄弟的大门时，鲁家兄弟齐齐站起来，像第一次见我们一样，问我们姓甚名谁从哪里来要到哪里去吃饭没有，等等。我们机械地跟他俩握手，有种寒彻骨髓的冷。

握完手后，贪不信使了一个眼色，大家迅速跳出门槛，冒雨逃离了幸福岛。

原来真有“鬼市”

刚刚走出半里地，一条漫长幽深的“独路”就横在面前。我一直认为“独路”是困龙湾的发明，没想到这里也有。不过，这条“独路”凿得挺宽大，既可遮挡风雨，又能让人直立而行，虽然比不上河南郭亮的挂壁公路，至少可以让我们有说有笑地欣赏着左手边蒸腾起来的雾气和轰隆隆的水声——从各个山口汇聚而来，差点儿置我们于死地的江水渐渐远去。前途虽然未卜，眼前暂时无虞，元和诙谐幽默的天性又冒了出来，一路说笑，搞得不苟言笑的贪不信多次亮出禁笑牌，声称元和胆敢再搞笑他就要跳崖。

贪不信在说假话，我们的肚子却不会说假。逃离幸福岛大半天了，粒米未进，肚子不叫唤就不是肚子了。悬崖上经常可见各种各样的何首乌根。不知何故，我老想起鲁迅那篇文章中提到的“何首乌根有像人形的，吃了便可以成仙。”问题是，我们只在猪蹄汤中见过煮熟的何首乌，生的何首乌能吃吗？敢吃吗？无人打包票，大家只能饿着肚子继续赶路。

又走了两个多小时，面前突然开阔。群山环抱之中有一块巨大的水镜，之所以不说湖，是因为根本不像湖，水面无波亦无任何杂质，连树叶也没有。水如天？天上总有云吧，这水面除了山峰和树木的倒影外，空无一物。最先被这种古怪吓倒的是汪泰远，因为他已经坐在地上筛糠了。刚开始，我们还以为他突然打摆子。过了好一会儿，他终于控制住自己，慢慢恢复常态，使劲摇了摇头，侧身捂住双眼后又从指缝中偷窥四周，很久很久才长叹一声，绝望地说出四个让我们毛骨悚然的字：叶盘鬼市。

刚进困龙湾时，贪不信说过一个叫“叶盘鬼市”的地方。那时的我们迷恋于贪百城的神奇死亡，“叶盘鬼市”如长空飞鸟般在我脑海中一晃而过，没留下一点儿印迹。难道，现在我们就这样与鬼市不期而遇？

丹增首先提出掉头返回，元和质问：“原路返回同样是绝路啊，难道要去幸福岛？”其实大伙都明白，此时此刻，我们绝不能回头。

连拐几个弯，一个山洞横在路中央，或者说脚下的路从山洞穿过。面前的人流像大城市等待领取免费鸡蛋的队伍，个个面露贪色一言不发。好不容易挪进山洞，却发现山洞并不宽敞，只有一张桌子，桌子上竖着“正直”“诚实”“友爱”“善良”四个牌子，桌子后坐着一群看不清面目的东西，我感觉它是一个由人民币、美元、港币、英镑以及金银珠宝组合而成的人形物，贪不信却认为那是一个由白血、黑筋、怪力乱神合成的人形物。事后谈起来，却发现这玩意儿在各人眼中呈现不同的形状。姑且叫他们“鬼人”吧。

“鬼人”指着桌子上的四个牌子说：“从这里开始就进入鬼市了，收购正直、诚实、友爱、善良，价格从优，欢迎出售。卖得好价钱，往里走才有钱买其他东西。”然后有个“鬼人”挨个点评我们五人，对我说：“你无一物可卖，往前走吧。”对丹增、元和说：“你俩的友爱和善良可以卖些钱，要不要卖？”对贪不信和汪泰远说：“你俩还剩最后一丝正直，卖掉吧。”我怂恿丹增卖掉“友爱和善良”——我其实更想看看交易怎样完成。最后是元和成全了我们，他爽快地卖掉了善良留下了友爱，然后他得到了一块巴掌大的牌子，叫鬼币。

贪不信问：“有买有卖，你们买了这些优良品质往哪里卖呢？”“鬼人们”头都没抬——它们正忙于说服后边的人，忙里偷闲甩出一句话：“没有人会买这些玩意儿，我们买来存着。”后边的人群里有人嘀咕了一句：“你们买得越多，人间就越少。”这次没听到回应，因为越来越多的人拥着我们朝前走。倒是有人自言自语地说：“正直、善良又不能当饭吃，卖就卖了呗。”

前边三四百米居然有个亭子，可以欣赏水镜。实际上，亭子里坐着不少人，正在讨论刚才的买卖事件。我注意到一个老人成为众矢之的，围在他身边的人都出言不逊。这是一家子，老人似乎是个伪君子，没来鬼市之前大家认为他的“诚实正直友爱善良”可以卖一大笔钱，没想到老人被“鬼人”判定为一文不值，意思是根本没有“诚实正直善良友爱”的品行。巨大的意外破坏了儿女们的梦想，以致群起而攻之。转过亭子再走一段路，又出现一个山洞。这里是鬼市，我们就不打算惊讶于一个又一个超乎寻常思维的买卖了。

现在，我被认为是最具潜力的购买者，因为我只有一条左腿，那条该死的右腿在大地震中离我而去，虽然我早已习惯了单腿加拐杖的生活方式，但如果能够买到一条右腿装上，我愿意出一千万。我突然想起，我那一个亿的存折已经被烧掉了……

一个矮个子广东佬凑上来问我是不是要买右腿。我刚想点头又摇摇头，因为我不知道医生怎样能把腿接上——人类有这么高的科技吗？他一摊手说，只负责卖，不负责安装。我说现在买个电视机都包送到家还包安装，买个器官不包安装？他指了指旁边涌动的人潮说，你先看看他们咋买的。旁边三个女人正围着一个老人谈判，三个女人需要买一只肾，老人想卖掉自己的肾。猛然听到这个话题，再看看长得如罗中立油画《父亲》一样的老人，我突然感觉肉痛。这三个女人是三代人：奶奶、妈妈、孙女，她们在替爷爷买肾，那个等待换肾的老人已经八十多岁了，居然还想像贪百城那样活着。“彭祖活了八百八，八十岁还是个小娃娃。”我听到老女人如是说：“我们在第一个山洞卖掉了许多东西，足够买回一个肾。”十分钟后，谈判结束，老汉拿着五十个鬼币高高兴兴地走了。我光看到付钱，没看到交易啊，一手交钱一手交货啊，肾呢？旁边有人补充说，这里只负责交钱订购，双方留下电话，回去后再完成剩下的步骤。

切，老子才不上当哩。

再往下走是一片硕大的原生草地，有人提供免费食物，毫无惊悚可言，荤素均宜，可米可面，所有人都在草地上吃饭休息。天啦，这是我们离开困龙湾后享受到的最完美的食物，贪不信甚至还拿到了几罐冰镇啤酒，啤酒的出现让我们重回人间，大伙指天画地开怀畅饮，然后素面朝天酣然入睡。

醒来，他们开始攻击我。元和说："你不害臊啊，你真是当官的吗？"我只好装出百口莫辩的样子，坚决否认"鬼人"的判断："鬼话你都信啊"……然后是很长时间的静默。丹增突然指着天空低声说："这里的阳光好怪哦。"我们抬头看天时都骇了一大跳，阳光居然是横着掠过鬼市上空的，意味着鬼市永远没有阳光的滋养。

起身继续前行，"独路"往一条宽大的瀑布下延伸，我们都疑心听力出了问题：百十米高的瀑布直泻而下居然没一点儿声音。走到跟前衣衫尽湿，仍然听不到声音，彼此说话却清晰可闻，我们终于确定这是个无声瀑布。瀑布后边是第三个山洞。与前两个不同的是，这个山洞里站了二三十个凶神恶煞的"鬼人"。

这里却是强买，就是强买我们刚才叹为观止的阳光。“把你们的阳光卖给我们。”“鬼人”吼道，然后不容分说地塞给我们一把鬼币：“说出的地名越多获得的钱就越多，说出地名就代表把那个地方的阳光卖给我们了。”

什么情况？我们都笑了。心想这群东西啥智商啊，像我这种经常开会出差的人，一口气能说出几百个地名。哥本哈根、纽约、所罗门群岛、阿根廷……把这些地方的阳光卖给鬼市无损我半根毫毛，哈哈哈……快轮到我们时，汪泰远挨个叮嘱说：“不准说蛇毒湾啊，那里本来就没有阳光，你们再把蛇毒湾的阳光卖了，‘烂克儿’就死绝了。”……一番简单的背诵课后，我拿到了足够多的鬼币，看来旅游还是蛮有好处。

我万分不舍，一步三回头地走上“独路”，看着一拨又一拨的人在各个房间里进进出出大肆收获，心如刀绞。

“独路”连拐了几个弯儿却没路了，面前是一堵石墙，刻着四个字：原路折返。每个字都有两三米高。切，真见鬼了，有人开骂。原路返回意味后队变前队，得把刚才走过的三个山洞重新走一遍，这让我心花怒放，因为我还有机会买官。

我们确实在原路返回，因为半山腰上只有一条路，平坦如镜的湖面原来在我们左边，现在变到了右边，松涛石林、鸟鸣山幽，一切都是刚才的模样。

远远地，看到了山洞。

“那个山洞”没有装修，没有小房间，没有“鬼人”，只在石壁上刻着一道数学题：100-1=？

山洞里，有人痛哭流涕，有人开怀大笑，有人似笑非笑，有人以头撞墙……中邪啦？再回过头来看看四位伙伴，也是旁若无人地踱着方步，个个若有所思，如同传说中的梦游。我忽然想起有部武侠小说里，痴迷武功的武林高手们被山洞中的绝世武功搞得如癫似狂。“100-1=？”就是令人痴狂的武功秘籍？难道我辛辛苦苦的逃亡之路就要在此终止？地球四十六亿年历史，往后的无穷岁月都与我无关？凭什么？老天爷，你为什么要造人类，造出来了为什么又要如此作践我们……想着想着，不觉悲从中来，泪落如雨。

忽然，一滴清脆的水声在洞中回响。抬头望去，石洞高处有一只石碗，碗的正上方，一颗晶莹的水滴正在形成。这滴水让我们瞬间清醒。大家从刚才的百态中抽身出来，重新戴上面具。

可是，明明只有一条“独路”，原路返回怎么却走进两个不同的山洞？生死之门？时间缝隙？我被脑子里蹦出的念头吓了一跳，猛地一蹿，撞到元和身上。

“找到生死之门了。”我低声说。贪不信最先反应过来，盯着石洞久久不说话。贪不信感觉自己想通了：“我们身边有一群人正像我们刚才那样，沿着这条路走向绝壁，可是我们看不到。”元和兀自不信，在石壁上边摸边叫“在哪在哪”，坚硬的石头轻而易举刺破他的怀疑。贪不信继续解释说：“比如我们站在赤壁，你能看到一千八百年前那场赤壁之战吗？”

说得很有道理，大家纷纷点头。可是，接下来那个山洞又让我们怀疑刚才的判断，因为这个山洞与来时的山洞完全不一样，由三个连环一体的小山洞组成，就像一根竹签上串着的四个糖葫芦。

第一个“糖葫芦”，正中间的石壁上有个闪闪发光的金手印。金手印下站着一个“鬼人”，手里提根乱七八糟的鞭子。我不恰当地使用“乱七八糟”来形容鞭子是因为根本看不出来鞭子是什么形状，或者干脆就是一束似有形似无形的雾气。金手印旁边有一行字：夫损阳寿一年，换妻十载平安。鬼人高叫：“男人在金手印上一摁，少活一年，夫人就能获得十年平安，患绝症的自动治愈。”

“切”，人群发出此起彼伏的“嗡嗡”声，没有人相信这套鬼把戏。癌症如此轻松就治愈了还要科学家来干吗？大家都来摁下这个手印呗，多轻松的事儿呀！我们五人中有三个没有妻子，我和贪不信的妻子也不在身边，所以我们都用不着这个金手印，心情愉快地看热闹。猛然看到一个尖叫着的女人扯着男人往金手印那边走，男人却像待宰的猪一样双脚前蹬身体后仰。几番争斗，女人终于没斗过，索性坐在地上号啕大哭，边哭边喊。原来，女人患了罕见病，叫什么渐冻症，意思是运动神经坏了，慢慢被冻住，最后连吃饭举手这样的基本动作都无法完成。他们听说鬼市可以治绝症，就来碰碰运气，女人坚决要治，男人誓死不从……女人哭完，男人振振有词地说：“第一，我不相信鬼市，科学家都说渐冻症是世界罕见症，损了我一年阳寿，万一没治好怎么办？第二，科学家也说了，以后，你这种病可以治好的，我们只需要付钱就行，干吗要损我一年阳寿啊。第三，你的生命宝贵，我的生命就不宝贵？钱没有了可以去挣，命没有了谁给啊？第四，我今年五十岁了，谁知道我能活多少岁？假如我能活一百岁，损一年阳寿我还能活九十九年。假如我只能活五十一岁，损一年阳寿那我岂不是马上就要死了？”女人低声啜泣：“想想当初追求我时说的那些甜言蜜语，什么白头偕老，但愿同年同月死……我现在觉得心寒。”男人马上反驳：“我自私？你的病拖累了我十年，我没有离开你，我自私？你不自私的话就不会让我少活一年，你才是自私透顶。”本来，许多人都觉得男人太过分了，毕竟“百年修得同船渡，千年修得共枕眠”啊，听完这番唇枪舌剑，好像都有道理。唉，罢了，由他们去吧，一地鸡毛，这世间扯不清道不明的事儿太多。正要拔腿开溜时，猛听一声大喝：“有什么嘛，损一年就损一年，能治好我老婆的病，马上死我都心甘情愿。”猛回头，却见一个小伙子排开众人走到金手印下，伸手就要去摁。“鬼人”急忙拦住他问：“你妻子来了吗？否则没效果的。”

小伙子操着很浓的山东口音，指着人群中一个面容憔悴的女子说她患了胰腺癌，他愿意少活一年。说着就急不可耐地要去摁金手印。猛听得一声凄冷的尖叫：“四儿，你顾了媳妇，娘怎么办？”嘿，亲娘跳出来阻挡。“娘，少活一年没关系，保证给你养老送终的。”“可是，刚才那位二哥说得对啊，你不知道你究竟能活多少年啊，要是明年就死了，娘就只能当五保老人无人送终了。”“我年纪轻轻的，咋会明年就死呢？”“真是娶了媳妇忘了娘啊，真的是燕子养儿枉费心啊，养儿防老靠不住了哇。”老人呜呜地哭起来，居然哭出撕心裂肺的感觉。

烦死了。

我们决定不看热闹，抬腿迈进第二个“糖葫芦”。如果说第一个“糖葫芦”影射的是表面一派和气实则尔虞我诈的夫妻关系的话，第二个“糖葫芦”影射的则是表面钩心斗角实则一派杀气的婆媳关系。仍然有一个金手印，旁边写着：儿媳折半年阳寿，换婆婆二十年开心。婆婆后退一步，换儿媳二十年快乐。不用说，前半句肯定无人愿意，哪个儿媳妇都不会傻到损半年阳寿换婆婆开心的地步，婆婆是否开心绝对不是她们关心的内容。至于“婆婆后退一步”就能换儿媳二十年快乐，这也太简单了吧。我看到好多人都在做后退一步的动作，后退一步前进一步，前进一步后退一步……大家用这种方式揶揄那些捉弄我们的鬼魅，怀疑它们的智商，贬低它们的设计。很快，有人怂恿一个打扮得花枝招展的妇女去“退后一步”。刚开始，那个肥硕的女人有点犹豫，等终于明白这事难度系数为零而且可以让她儿媳妇减少跟她吵架打架的概率后，果断挺胸抬头来到“鬼人”面前。叽叽喳喳喧闹不已的人群迅速安静下来。“鬼人”

让妇女站定，用手中的鞭子在她脚后跟画了一下，然后示意妇女回头看一下，再决定是否要“后退一步”。

说实话，我们没看出任何异样。她脚下的石板和我们脚下的一样古老而坚硬。她身后五十公分外站着密密麻麻的人群——山洞狭小，后边的人不断涌来，没有很多空间供人浪费。她回首一望时却吓得魂飞魄散，双股战战，说什么也不肯“后退一步”，反而向前急奔，撞到石壁上反弹回来，头破血流昏死过去。

大家面面相觑，很多人站到她刚才的位置上往后看，没发现任何异样啊。有些人还试着后退了一步，也没有发生任何异样。大家议论纷纷时，女人醒了过来，捂着胸口说：“吓死我了，站在万丈悬崖边上，后退一步就摔死了。”大家这才醒悟原来是“鬼人”搞的幻术。

女人抹了抹额头的血痕，拍拍屁股下的石头，确信没有悬崖没有峭壁，突然又生出勇气来，对“鬼人”说：“再来一次，我就不信了。”

鬼人把刚才的动作重复了一遍。女人吸取了教训，没有回头看，慢慢抬起了右腿。实不相瞒，那条肥胖的右腿一直在颤抖，就像秋风中孤悬的干枝条。显然，恐惧依然控制着她。但她用事实证明了勇敢，果断向后落下了右腿。观众爆发出雷鸣般的掌声，狭窄空间里的异响吓坏了那些意志不坚定的碎石，毫无疑问，许多人都跟我一样憋着一肚子气，有意要与鬼市唱反调。只是，等我们从反抗的快意中抽身出来时，却发现女人不见了，众里寻她，踪迹皆无。死一般的沉寂后，没有人再敢嘲笑鬼市，我们夹着尾巴，在“鬼人”的冷笑声中低头疾走。

第三个“糖葫芦”似乎是一次奖励，金手印旁边的小字说“未损友者增十年寿”。“哇”，人群再次发出惊叹。丹增说这是“妓女陷阱”。那是耶稣的故事，说以色列人抓住一个妓女让耶稣定罪。耶稣就说，你们当中谁没有罪谁就可以拿石头砸这个妓女。结果是所有人都不敢砸，因为所有人都有罪。“我就不信，我就没有坑过朋友。”一个小巧玲珑的女人自信地跳了出来，径直走向金手印。走到一半就被“鬼人”喝住了。“鬼人”说：“八年前，你借朋友的五万元还了吗？当时你谎称父亲生病需要手术费，等父亲出院医保结算了就还，可一直没有还吧。”女人愣了一下，似乎想起真有这么回事儿，悻悻地隐入人群。汪泰远走向金手印。“鬼人”涨红了脸退到一边，嘀咕了半天说：“第一次碰到没有朋友的人，当然谈不上坑朋友喽。”元和也往上凑，半路上就被“鬼人”劝退：“你偷了师兄的生死符，还说没坑朋友？要不然，地震砸死的就是你。”啊，我们都吓了一大跳。元和从口袋里摸出一张生死符，这确实是他搞恶作剧从师兄那里偷来的，但他从来不知道在地震中幸免于难靠的是这张黄纸……紧接着，“鬼人”就像举世无双的乒乓球高手，不断将号称“没损过朋友”的人拍了回去。

直到彻底走出第三个“糖葫芦”大门，我们才醒悟“金手印”的真实含义。如果夫妻关系、婆媳关系、职场关系、朋友关系真的像赞美诗说的那般美好，大伙就不会在众目睽睽之下被捉弄得体无完肤。好在很多人一进鬼市就卖掉了“诚实正直友爱善良”这些疼痛感很强的品性，此时此刻的鬼市就像一个硕大无朋的澡堂，大家都赤身裸体坦诚相待，不知羞耻。

原来真有“生死之门”

我猛抬头，却发现满川月明。如牛奶般洁白的月光被突兀的山体和树木切割成无数精致的幻影。幻影随风摆动，摇曳生姿，这是文字万难描摹的情状。此时我才佩服“不立文字”的禅宗，不仅绝顶奥妙的思想无法用文字表达出来，就是眼前这些冰冷的自然景观也无法用文字表达出来。我们只能像二师兄见了嫦娥般，流着口水瞪大眼睛边走边看。事后才明白，这其实是鬼市的最后一招。幻影让我们忘掉身边的人，不知不觉走向被事先安排好的小屋——那里有一张温暖的床。我相信所有人都跟我一样，扑在床上倒头就睡，不需要理由，不必恐惧，因为所有的疑惑和恐惧都被浓浓的睡意掩埋。

不知道睡了多久，醒来时感觉不像在鬼市，因为鬼市里没有阳光，这里却满屋光明。这是一间青砖小屋，长六步半，宽六步半，高不需要量，肯定也是六步半，这是黄金小屋的标准格式。与鱼王山那间黄金小屋不同的是，这间青砖小屋有一扇紧锁的门和两个巴掌大的窗户。透过小窗极目远眺。远处，充溢眼球的是无边无际的青翠，充满魔力的朝阳把一切染成了金黄色。我曾臆想过那是一座史无前例的金山，我则是那座金山的唯一发现者和拥有者。实不相瞒，每当此时，我都会流出荒诞不经和毫无说服力的口水，它们顺着肥硕的腮帮子检阅每个毛孔里的油脂。近处是一片苍茫的虚空，看不到一点尘埃，只是很偶然，有只巨喙虎眼的飞鸟才会掠过，还冲我诡异地 笑。

进来两位黑衣人，煞有介事地问我叫什么名字，我哆嗦着要了根烟，望着灰白的屋顶。我叫闵中诚吗？不是吧，他不是被埋在云顶寨了吗？我叫贪不信吗？不是吧，他有诡眼我没有啊……我想不起来自己叫什么名字，只觉得脑子里一团乱麻。过了一会儿，黑衣人主动问："你叫贪不信？你叫闵中诚？还是叫其他什么？"我摸着空荡荡的右腿裤管，无言以对。没想到黑衣人相对一笑，很轻松地说："看来是彻底忘记了，过关。"于是，他们打开房门示意我离开。

我整了整衣襟，昂首阔步地出了门，沿着密密麻麻的台阶低头疾进，生怕被他们再抓回小屋。台阶尽头是山谷，谷底有条干涸的小溪，小溪两侧是悬崖，沿着小溪走了老半天才看到有排房屋，死死堵住山谷出口，像极了春秋时代的函谷关。"关门令尹谁能识，河上仙翁去不还。"函谷关因地势之利堵住了骑青牛的老子，从而诞生了《道德经》。这排房屋把持着这条山谷，意欲何为?

走近才发现，房屋已经废弃，瓦破墙塌，随随便便就钻了过去。等我回过头来看时才吓了一大跳。这不是“烂克儿”的“汪氏祖庭”吗?屋檐下,“汪氏祖庭”的牌匾还在,只是摇摇晃晃，随时可能脱落。我冲进正屋仔细搜寻，猪皮蟒皮和蓑衣还在，八仙桌、麻藤椅还在，我那天晚上坐的圈椅也在……

这下我彻底明白了,“烂克儿”把房屋建在蛇毒湾，是因为此地是鬼市的出口之一。那么，汪泰远呢?贪不信呢?元和呢?丹增呢?他们也该从这里出来呀。

我扭头往外跑。记忆中，出了沟口左拐上坡就是水泥路。可是，等我气喘吁吁跑出沟口往左拐时，却被横七竖八卧在路上的毛竹挡住了去路。毛竹的根系很发达，一般不容易被连根拔起，可是现在，面前的毛竹像一个个虬髯老汉被无耻之徒掀翻在地，痛苦地呻吟着。好不容易爬到高处一看，整个困龙湾都发生了天翻地覆的变化：鱼王山和云顶寨整体垮掉，黄金小屋踪迹皆无，洗剑湖和荷花湖都裂开大口子，山间水里散落着无数的木板，就连砖石结构的祠堂也只剩下几根粗大的石柱，茫然矗立在凄风苦雨之中。

很显然，我们离开后，洪水和地震无情地袭击了困龙湾。现在，曾经人满为患的困龙湾，曾经聚焦了全世界眼球的困龙湾，曾经山清水秀的困龙湾疮痍满目。唯一值得庆幸的是，我没有发现坟堆、死人。看来，新开辟的简易直升机场发挥了巨大作用，给直升机指示范围的白石灰已被细雨洇入猩红色土壤，总共有七八个之多。毫无疑问的是，此时此刻，它们成了困龙湾最醒目的所在。毫无疑问的是，人们已经被政府迁出此地，永远不会回来了。

如今的困龙湾孤天绝地，只剩我一人。

我蜷缩在贪不信小二楼的坍塌空隙处，从废墟中扯出蚊帐和棉被。困龙湾的蚊子天生带着核武器，能叮出拳头大的疙瘩，没蚊帐可不行。大地震毁掉了出山的道路。况且，即使山路完好，单人独腿的我也无法翻山越岭到达白佛坪。摆在面前的路有两条，一是在这里等死或者变成野人；二是借用困龙湾延续了上千年的逃亡方法，九死一生地漂出去。

我忽然浑身上下一激灵，难道我找到了生死之门？这里不就是我曾经梦寐以求的地方吗？没有警官、检察官和法官，没有人来追查我的罪恶，再不必担心被呼啸而过的警笛吵醒，也不必担心把牢底坐穿……我又笑又哭，从来没想到自己日思夜想的生活会是这样。

过了很久很久，我终于下定决心，不能死在这荒山绝岭，必须逃出去，逃回那个纸醉金迷的世间，哪怕去坐牢也比死在这里强。

我从墙上扯下猪皮和蟒皮，一圈又一圈地裹在身上，又找了几根尼龙绳把自己绑成粽子状。然后，拄着白毛送给我的虬枝拐杖往龟鼻石走去。天雨路滑，我记不清楚摔倒了多少次。

很多次，我干脆躺着不起来，真想两眼一闭，从此远离一切是非颠倒。可是死不了，细雨湿面后我又变得无比清醒，求生的欲望逼着我从泥浆中翻身起来，继续前行。

龟鼻石上居然拴着两条船，一条橡皮艇，一条摩托艇，那是困龙湾发展旅游的产物。摩托艇恐怕没有汽油，即便有汽油，也没有钥匙，即使有钥匙，我也不会开。

不怕你笑话，登上橡皮艇之前，我向四面八方的神仙菩萨祈祷了一番。千百年来，困龙湾的猪皮崽都是九死一生，我虽然比猪皮崽多一条橡皮艇，可是，这玩意儿随时可能被石头刺破。况且，我既不是双心人，也没有“假死人”保护，更不会水下呼吸……生的希望微乎其微，除了祈求神仙壮胆外别无他法。

拜完各路神仙，一咬牙，跨上橡皮艇，解开船绳，用虬枝拐杖轻点龟鼻石，橡皮艇打了几个圈后开始顺水而下。在这个飞机满天飞高铁满地跑的时代，我却只能使用千年以前的逃命方法，如丧家之犬般漂向几十公里外的白佛坪。

是的，我没有被淹死。人们在白佛坪的江边拉了拦河网，我像鱼儿一样被捞出水面。我在白佛坪住了七天，看到了许多熟悉却叫不上名字的面孔。他们都是困龙湾的人，个个拖家带口面带喜色，见面第一句话总是以“活前出来了”“总算出来了”开头，以此来祝贺逃离困龙湾的庆幸。

然而，在他们的庆幸声中，我却忘记自己姓甚名谁了，只模模糊糊地记得困龙湾，记得闵中诚，记得我当过什么领导，记得你在贺兰山下，所以跑回来找你……我现在求你帮忙，告诉我，我是谁？叫啥名字？

他站起身来，点了根烟，艰难地走到落地窗前眺望贺兰山……

我合上采访本，凝视着这位口若悬河讲了六七个小时故事的独腿人。贪百城、困龙湾、白佛坪、护龙族、黄金小屋、“烂克儿”、无因寺、无量洞、云顶寨……这些名词确实来源于困龙湾，若是没去过那里，没有亲眼见亲耳闻，是不可能编造得如此详尽具体的。然而，大地震、大死亡、“生死之门”……这些明显带着魔幻色彩的故事又令人难以置信。老实说，这故事挺吸引人，拍成电影绝对卖座，唯一的 bug 就是与我有关。因为那些事情我一件都没有经历过。我好端端地拿着俸禄上着班，干吗要回那个孤天绝地的困龙湾，我漂出困龙湾就从来没有想过要回去，死后的灵魂也绝不回去……

独腿人慢腾腾地转过身来，连问了几声“我是谁”。我冲他翻白眼儿：“你在这里胡说八道了一整天，自己都不知道自己是谁，我咋可能知道？”

他苦笑起来，痛苦地摇摇头，慢慢往门边挪。临到门边，他忽然用那根奇怪的树枝拐杖敲了敲门框，然后长叹了一口气，猛地一闪，彻底消失在我的视野之中。

尾声

骆驼

在我看来，骆驼是唯一兼具『自强不息』和『厚德载物』精神的动物，没有之一。

嗨，四合院

“砰砰砰”，监控室的老李推门而入，似笑非笑地问我哪根神经不对劲。“这一整天，你和一个残疾人在办公室里又说又叫，鬼神附体了吗？”我对老李这种不学无术混天过日子的人一直无好感，心不在焉地回应说：“确实见了鬼了，你看我现在是不是鬼？”老李自讨没趣儿，悻悻地说：“刚才路过司机室，小齐让我通知你赶紧下楼。”

这才想起，按照社长的安排，晚上还要喝酒。

六点，我又开始了锁门的艰难旅程。这把锁让我生不如死，每次开门关门都像便秘一样难受。经过一番艰苦的搏斗，我终于听到“咣当”一声——锁舌进入槽子，大功告成。这把锁就像社会的阴暗面一样让人难受，官场上贪污和腐败勾结，网络上的虚情和假意情同姐妹，回到家里老婆连嗅带翻地审查男人有没有外出打野食……总而言之，它从来没有让人舒心痛快过。

丰田沙漠王发出惊人的吼叫，犹如一条愤怒的森蚺拖着肥硕的身体在狭窄的小巷里扭动，掠过那些一脸惊恐的学生、流氓、农民、下班族身边。之所以用森蚺作比喻，是因为困龙湾的山间水边都是这玩意儿。我说：“小齐，车可以开慢点，尽量不要惊扰行人，我们是去吃闲饭，又不是进京赶考，慌什么。”然后，我就从后视镜里看到小齐翻了一下白眼，嘴角挤出一缕不屑的横肉说：“你是不晓得哦，把你送到小院后还得去拉其他领导，毛焦火辣的，个个都是爷……”聪明人都知道这牢骚是冲谁来的，我恰好属于聪明人。我知道小齐是专职司机，我不在他的服务范围里。为了不让彼此难堪，我没有爆发，也没有立即要求下车，而是恰到好处地接起一个电话，自顾自地煲起了电话粥。过了一会儿，我选择在王子街与祥云路交叉口下车，理由是去买烟。这个路口往右拐就是人流密集的批发市场，在此下车其实是想阴司机一把，半分钟的停留，任你多豪华的车都会陷入人民群众的汪洋大海之中。

沿史家巷进去，到第三个路口左拐，直行三十步，右拐，直行到头，到了。记不清楚来过多少次，反正只要到了史家巷口，我闭着眼睛都能摸进去。刚被雨水浇透的四合院冷冰冰的，国槐孤独地飘着去年冬天残存的落叶，吴妈不在，这顿饭得劳我大驾。吴妈从河南来这个城市打工。她只在周五、周六下午来做饭菜，伺候来这里的客人，其余时间只有来者自己动手。

四合院隐身在城中村，外表寒碜骨子里却金碧辉煌，冰柜里藏着上好的食材，酒就更稀奇了，真酒假酒一大堆，高档白酒还用普通白酒瓶子盛着，每个瓶子上都有标有一个数字，比如“69”“83”，另外再配个密码本，专门记录每个数字代表什么意思。

我轻车熟路地取出一条金华火腿、一截冰岛鳕鱼、一板大连海参、三条石斑鱼，整整齐齐地摆在案板上，抱紧胳膊欣赏了片刻，好像这些宝贝是我费尽千辛万苦过五关斩六将夺来的一样。当然，我现在并不打算烹饪，只是拿出来解冻，因为不确定晚上来几个人，来哪些人。唯一可以确定的是，来的肯定都是老熟人了——那几个用毕生精力来混吃混喝的师兄弟。我退出厨房，到卫生间里酣畅淋漓了一把，点了根烟，慢步到正厅，想起了这个四合院的前世今生。

三年前，报社来了一个老上访户，身高一米八五，满脸是坑，大家都以为是拜麻风症所赐，后来才知道是在四川剿匪被土枪击中的。得知我是四川人后老人家给了我一巴掌，笑呵呵地说：“你们四川人格老子好凶狠哦，没把我打死，把我打成了麻脸。”老人家叫史公义，东北那旮旯的人，说话鼻音重，性子急，四肢发达头脑简单。一张上窄下宽的梯形脸让人想问候他祖宗十八代。因为个子大，成了重机枪手，先是随四野荡平了东北，后来又被刘邓大军挖来剿匪。“我原来在四野机枪连，打许昌时从死人堆里爬出来，碰到三野的一个团长，见我长得跟小山头一样，拉着我就跑，就这样到了三野。后来三野帮助二野打四川，我又到了刘邓大军这里。满脸的坑坑洼洼是打西康省留下的。‘砰’的一声，脸上一阵剧痛，我以为完了，醒来才知道是鸟枪……你们四川的土匪真是多哦。”

我没有插话，随他信马由缰海阔天空地吹。有点经验的记者都知道对付此类老上访户唯一的招数就是倾听、倾听、再倾听，不能说他的牢骚与我无关，也不能去上厕所，更不能说领导在那边叫唤……只能把时间看作一把夜壶，任由老人往里尿，直到他口吐白沫时再大献殷勤地奉上一杯水。这个时候，才是实现战略转移的最佳时机。

“你老是上访，总不至于为脸上这些坑坑洼洼没有得到公正待遇鸣不平吧，还想整容？整成周润发刘德华？”我斜靠在办公桌前，端着茶杯，死盯着他那双捧着茶杯微微发抖的双手——内行人都知道，这是不久于人世的征兆。

“跟你讲，以前我有两个院子，被红卫兵占领了。后来，还了我一个院子，另一个改成了公厕，也不给我个说法，真是岂有此理。”

“你无儿无女，老婆也早死了，要那么多房子干啥，改成公厕是给你积德行善了，你还上访干啥呢？有这闲时间，还不如多喝几壶八宝茶。财产嘛，生不带来死不带走，你要来何用？”我认认真真地揶揄老汉。他们为战斗而生，年轻时跟日本人和国民党斗，年老了又整天上访，仿佛不找到一个对手他们就失去了活下去的理由。但在时光机器面前，再倔犟的人都无能为力，拖一天少一天，人死了问题也就死了——幸亏人是要死的。

后来，老人成了我的心病，没事老来找我，说跟我有缘。他每一次到来都会遭到我的诅咒，我热切地盼望他哪天摔死在粪坑里或者过马路被轧成肉饼。然而，跨过千山万水的老人并没有被城市里的小坡小坎绊倒。于是，除了房子问题外，他的肺气肿、冠心病、肾结石也就慢慢暴露出来。我不得不遍寻名医帮他治疗。正当我像躲避黄世仁一样躲避他时，他却突然出示一份遗书，表示要把那个四合院遗赠给我。这份可怕的、盖着公证处公章的白纸黑字像长了翅膀的谣言一样迅速传遍整个城市。同事们说我原来早有所图，老娘一度要跟我断绝关系，说她不想被人误解为晚节不保——这世间哪来无缘无故的爱呢，况且是价值不菲的小四合院。可这该死的老东西执意不肯收回成命，而且在我没来得及进一步采取措施前就一命呜呼了。

我一筹莫展，师兄们却慧至心灵，找人出钱把这个破落四合院改成了一个私人会所。花了多少钱我不关心，那肯定远远超出我的心理承受能力。一张楠木圆桌、十把真皮齐腰座椅、一副自动麻将机、一套真皮沙发……说到这里，我得对中国人的智慧表示一下敬意。早先，外国人说，中国的八仙方桌四方四正，很容易看清楚主次之分，西方的圆桌就无法分清主次，围桌而坐，众生平等，体现了民主精神。我呸！这个问题哪能难得住咱们？现在饭馆包间里用的都是圆桌，如何确定首座呢？一个办法是看门，正对着房门的就是上座。另一个办法是看凳子，上座的凳子必定鹤立鸡群，便于所有人一进屋都能看到，想都不用想，那是给领导或者长辈留的。四合院的这个客厅没那么俗气，但也有上下座之分。当初的装修方案是一帮师兄喝酒划拳大吵大闹后决定的，在一些重大问题上甚至靠投票解决，比如卧室改造成了大炕，能睡十几个人；比如在客厅三面墙壁上喷名画，当然不是《蒙娜丽莎》或者《日出》。这一点我还是愿意相信师兄们的眼光。我们都毕业于中国西北的一所名校，拥有相同的美学情趣。坦率地说，我们就欣赏中国画，就爱松竹梅兰、青砖碧瓦，就不喜欢油画裸体，什么莫奈、毕加索、达·芬奇、罗丹……在我们眼里真的不如一瓶茅台酒或者《芥子园画谱》里一丛刚中有柔的兰花。于是，饭厅被《清明上河图》定了次序，其他人就只有在《滕王阁序》《兰亭集序》《水调歌头》《蜀道难》《与妻书》等纯书法作品中寻找最爱了。

门外传来说话声，食客们到了。

“老九，你先去整菜，我来找酒，八九年产的那箱编号是多少？那箱真不错，火中带绵，回味无穷，那年的高粱绝对与众不同。”丁师兄一边下指令，一边脱掉外套，风风火火往卫生间跑。

半个小时后，八盘菜、四瓶酒整齐有序地摆在领导们面前。丁师兄举起酒杯说：“吃菜喝酒，我们也两个半月没聚了。我过几天要去日本鬼子那里出趟差，今天算是给我送行。”

步师兄却用右手把酒杯压住，绷着一张严肃的驴脸说：“听说老九想辞职？有必要把前因后果捋一捋，要不然，我们就是酒肉朋友了，师兄弟一场，这事儿我们得重视起来。”

丁师兄原原本本把事情讲了一遍。步师兄望望贾师兄说：“真是隔行如隔山呀。这有什么问题，还让老丁做检查？”贾师兄扶了扶眼镜，啜了一口酒，咂了咂嘴，也许在衡量该不该说。良久，他才说新闻本身没有错，错在不知道背景。说完，夹起一块金华火腿，煞有介事地说：“花生米拌豆腐干，火腿味。不见五陵豪杰墓，无花无酒锄作田，看淡点吧。”

韦师兄读书最多却没戴眼镜，大家都借此唏嘘他的科研成果是偷来的，尽管美国的博士学位绝非浪得虚名。这家伙有三高：酒量高、个子高、学历高。所以他一进屋就得喝，到大家散场时才能尽兴，根本没有半点儿科学家风度。

酒过三巡，贾师兄照例要吃花生米了。花生米下酒是他的最爱，每当此时，所有的山珍海味都在一盘花生米面前黯然失色。我在冰柜里翻了一会儿，只翻到一包四川小花生。我知道这不是他的菜，但一万个不愿意冒着酒气出去买，就硬着头皮喊：“天府花生米，将就下？”话音未落，背后就传来酒杯在玻璃盘子上跳动的声音。贾师兄一巴掌拍在桌子上，很严厉地批评：“出去买！四川花生太小，口感不诚实。我要吃啥你知道，买错了还得跑第二趟。”酒喝到这份儿上，不要说是师兄兼领导，就是早出生两天的人都有资格吆五喝六，谁是小字辈谁倒霉，谁清醒谁倒霉。

出门看手机，十点半。奶奶的，喝酒聊天的时间跑得真快。巷口小卖铺那个从乡下来的姑娘已经关门睡觉了，我擂了半天玻璃她才探出个蓬头，缩回头在里边摸摸索索了好一会儿，回答说：“花生米的没有。”我没跟她计较，矮下身子蹲在石头上想招儿。算了，还是求助老朋友吧。旁边霹雳大酒店的主厨是老相好，救过我无数次。四合院里山珍海味众多却无人操心最基本的油盐酱醋，经常发生佐料断炊的情况，客人们嘴很刁，关键时候绝不凑合。每当此时，二十四小时不打烊的酒店餐饮部就成了救命稻草。

“这次要啥？山东花生？刚好，昨天来了十斤高密新花生，油炸还是煮？油炸，行，放糖？放盐？老醋……”电话接通，传来那个女人油腻腻的呼喊声，确信她听明白了后，我点了根烟，掐着时间等她送来。十分钟后，一个肥胖的身影气喘吁吁地出现了，她提着一包滚烫的花生米跑来。

“哟，怎么好意思劳驾王大厨呢？亲自下灶还亲自送来。”这胖娘儿们更能调侃，在我脸上掐了一把，油乎乎地说：“咱俩谁跟谁呀，你伺候领导嘛，我当然该尽点孝心喽。说正经的，我弟那事儿到啥程度了？检察院同意上诉没有？我跟你讲，我弟真是冤死了的，绝对不是他杀的人。”

这个倒霉的案子缠了我两年，最近确实有些眉目了。“上个月，检察院倒是同意复审，我感觉年底进入重审程序问题不大。”

出来一连串短信，有皮条客推介过夜美女的，有房产商推介跳水楼盘的，还有假证贩子包开发票的……翻着翻着就看到王子槐发来的那条短信“老板催得急，我要出差，你去趟贺兰山，找到那个什么神秘大仙……”

这世上哪有什么大仙啊？我转念想了想，反正这两天没啥事，那就去趟贺兰山吧。也许是“只在此山中，云深不知处”，也许是“寻真误入蓬莱岛”，也许是“到乡翻似烂柯人”……想想都有趣得很。

于是，我一边收拾行囊，一边在“生死票”QQ群里发了一条信息：

风雨贺兰山　无奈寻“大仙”

诚约生死票　相会石台盘

我端着镶金边的盘子回到酒桌前，贾师兄兴奋地捧着我的脸狂吻：“我就知道老九最有办法了，我的最爱，高密花生，油炸时放了汉源花椒，六颗足矣，少则淡多则酽……肯定又是肥婆的手艺，真是辛苦老九了，我吃点花生你得牺牲色相……”

手机响了，王师兄醉眼迷离地掀开手机，刹那间腰也直了，酒也醒了。他右手食指竖在嘴前示意大家噤声。满屋子都是社会上混的人，心底透亮，立即变成哑巴，有的提起筷子吃菜，有的闷头喝酒，喧闹的小屋突然陷入死一般的沉静。王师兄这才接通手机，支支吾吾地装着熟睡中被电话铃声惊醒的样子说：“米总，这么晚了您还没睡？”泰山压顶似的沉重，因为他嘴里的“米总”是一位广东大老板，毫无疑问，肯定是大事要事儿。沉闷了十分钟之后，却不是什么大事儿，是这位广东大老板的干妈要来贺兰山旅游，指明要见山上一位“大仙”，让务必帮忙找到。

“贺兰山上有大仙吗？我咋不知道？”王师兄瞪大了眼睛问我：“死老九，你是资深老驴，贺兰山跟你家一样，你负责把大仙找到。”

大家重新举杯言欢。刺刺刺……啊啊啊……这是数人同时喝茅台酒发出的交响乐，“刺”是酒入喉咙时的那股辣味儿，“啊”是闭嘴享受后突然张嘴呼气的声音。步师兄的“啊”声最有特色。他先是闭上眼睛，深呼吸后闭住气，然后慢慢向外吐气，等到像青蛙一样饱胀的肚皮变瘪时才心满意足地张开双眼，大家都疑心在这短暂的时间里他已“坐地日行八万里，巡天遥看一千河”了。

又过了一个多小时，大家都醉眼蒙眬了。王子槐从墙上摘下吉他，醉眼蒙眬地说：“算了，老规矩，我来唱首最近创作的《新娘》。”一言未迄，自顾自唱起来：

岁月在墙上改变了模样
永远不懂你无聊的疯狂
你像无药可治的尸虫
一心吞噬我的思想
走过三千里山川大地
读过八百年灿烂华章
我把你钉在高高的耻辱柱上
我不稀罕你的爱情
宁肯抱着残缺之身
去天涯尽头飘荡
……

一曲终了，我突然感觉自己像幼儿园的老师，威严地喊了声：“喝多了，散。”然后抓起手机头也不回地出了四合院，在漆黑的小巷里一路飞奔。

一直到第二天下午，我才神清气爽地醒来，打开手机就跳